Carl Amery

Die Botschaft des Jahrtausends

Gesammelte Werke
in
Einzelausgaben

Carl Amery

# Die Botschaft des Jahrtausends

Von Leben,
Tod und Würde

List Verlag
München · Leipzig

2. Auflage 1994

ISBN 3-471-77022-4


Gesamtherstellung: Offizin Andersen Nexö, Leipzig

## Inhalt

Diese Rede ist hart. Wer kann sie hören?
Joh. 6, 60

# I

# DER ANSATZ

Diese Arbeit hat zwei Anlässe: den Kalender – und die Pflicht, unser Denken ein, zwei Schritte weiterzubringen.

Der Kalender nähert sich dem Ende eines Jahrtausends. Dies wurde durch einen frommen Mann festgesetzt, der das Geburtsjahr des Jesus von Nazaret auf das Jahr 753 nach der Gründung Roms berechnete (die Rechnung war etwas ungenau). Wäre unsere Kultur noch christlich, stünde dem vierstelligen Datum höchste Bedeutung zu; unsere letzten Jahrhunderte haben dafür gesorgt, daß sich das geändert hat. Immerhin haben wir auch dafür gesorgt, daß Chinesen, Buschmänner, Polynesier an einen Kalender gekettet sind, der mit ihrer Geschichte nur wenig (und meist Unerfreuliches) zu tun hat. Das ist wohl schon die erste knappe Botschaft: knapp und banal, aber recht aufschlußreich.

Vor tausend Jahren, als unsere kleine abendländische Welt noch frömmer war, legte sich das Datum wie eine schwarze Wolke über die Gemüter: Erfüllte sich mit dem ersten Millenium nicht die Weissagung vom Endgericht, das man längst nicht mehr, wie die ersten

Christen, ersehnte, aber doch noch als die End-Ursache, die *causa finalis* allen menschlichen Lebens anerkannte? Nun, das Gericht blieb aus. Dafür scheint es, aufgrund neuerer und ganz anderer Daten, nach dem zweiten Jahrtausend ins Haus zu stehen – wir nennen das die Gattungsfrage. Sie lautet simpel und grausam: *Geht's nicht doch zu Ende mit der Menschheit?*

Wer älter als vierzig Jahre ist, hat erlebt, wie sich die schwarze Wand dieser Frage höher und höher schiebt, wie sie das muntere Fortschrittsblau verschlingt. Dies ist wohl das eigentliche Jahrhundertereignis, im Geschichtsgrunde viel wichtiger als der Zusammenbruch des real existierenden Sozialismus.

Es begann damals, in den sechziger Jahren, mit dem Klang von Jericho-Posaunen, mit dem Aufgang vieler neuer Namen und Ideen. Paul Ehrlich, Rachel Carson, E. F. Schumacher, Edward Goldsmith, Ivan Illich, der Meadows-Bericht an den *Club of Rome*, Gregory Bateson und Hans Jonas, dazu die stürmische Entwicklung der Lebenswissenschaften: genaue Lehrer, lesbare Propheten, zornige und abgeklärte. Kurz: Das Jahrhundert, bisher von Kirchen- und Gegenkirchenvätern des 19. Jahrhunderts mehr schlecht als recht genährt, schien endlich zu seiner eigenen großen Theorie erwacht zu sein.

Umfassende soziale Bewegung folgte; und eine Zeitlang, in der Siebzigerdekade, hatten die Verwalter des Selbstmordprogramms, die unverantwortlichen Verantworter in den teuren Chefetagen, tatsächlich so etwas wie Angst davor …

Das ist vorbei.

Woran liegt's?

An der Natur der Botschaft selbst wohl nicht. Sie ist unerbittlich und gewaltig – um Welten gewaltiger als etwa die der Herren Marx & Engels 1848. Und wenn der Gattung ein Funke Einsicht, ein Quentchen Logik gegeben wäre, müßte die Antwort leidenschaftlicher ausfallen als auf, sagen wir, einige Zweifel an der Zweckmäßigkeit der gegenwärtigen Besitz- und Produktionsverhältnisse. Warum ging dann nie, auch damals in den Siebzigern nicht, von unserer Botschaft jene knochenerweichende Strahlung, jener Hauch des Entsetzens aus, den das *Kommunistische Manifest* über ein Jahrhundert lang aussandte?

Nun, es mag sein, daß den meisten Besitzverhältnisse wichtiger sind als das Überleben der Menschheit. Dennoch: Es muß Gründe geben, warum die allumfassende Bedeutung der ökologischen Perspektive nie wirklich in den Geistern aufging; warum die Posaunen der Propheten nicht einmal die Vorwerke des Techno-Systems zum Wanken brachten; warum eine soziale Bewegung, die von einem gewaltigen Bekehrungs-Erlebnis erfüllt war, einerseits zu einer Normalpartei, andererseits zu einem preisgünstigen Angebot auf den Wühltischen der Betroffenheits-Industrie, der

Esoterik, des *New-Age*-Rummels wurde. Und es muß vor allem Gründe dafür geben, daß die famose Wende von 1980 bis 1990 das Bewußtsein der Bewußtseinsbefingerer zuerst in den stumpfsinnigsten Konsumkarneval und schließlich in die Nationalmoräste des Jahrhundertbeginns zurückschnipste. Die Botschaft, soweit noch beredet, ist zu fatalistischen Partystichworten verkommen: der Mensch als Selbstmordversuch der Natur – als Irrläufer der Evolution – vom Prinzip Verantwortung zum Prinzip Akzeptanz – das gnostische Nein zur bösen Schöpfung – und das Büffet ist auch schon besser gewesen…

Also nochmal: Woran liegt's?

Es liegt nahe, an das übliche Kassandra-Schicksal zu denken; an den Grimm der Verlierer gegen den Boten, der den schlechten Ausgang der Schlacht oder gar des ganzen Krieges mitteilt. Aber es ist zu befürchten, daß die Schwierigkeiten tiefer liegen; daß nämlich die Sprache des Boten überhaupt nicht verstanden wird. »Die Grünen haben völlig recht, es kann sie nur keiner hören.« (Der gute Satz stammt von dem Sozialwissenschaftler Niklas Luhmann.) Die neue Botschaft war zunächst nur als etwas ganz Allgemeines, als eine Neufassung alter Prophetien vom Jüngsten Gericht zu begreifen, die schwarzen ledernen Flügel des Verhängnisses überschatten alles, und unter allgemein Betroffenen kann Todfeindschaft nicht oder kaum entstehen. Man versucht nicht hinaufzusehen – man hielt und hält sich einfach an die alten Schlüsselwörter und Streitgegenstände: Rechts gegen Links, Kapital gegen Arbeit, Produktion und Konsum, Toleranz gegen Fundamentalismus …

Und die Grünen Aktiven? Nun, zunächst war klar, daß sie gar nicht recht haben können, weil sie unübliche Haartrachten und unübliche Kleider tragen und sich als Minister in Turnschuhen vereidigen lassen und nichts von Produktion verstehen. Andererseits können sie noch weniger recht haben, weil sie im Durchschnitt bürgerlich sind, weil sie kaum weniger Autokilometer pro Jahr zurücklegen als die Normalmenschen. Ja, nach einem gewissen Anfangsschreck sah man, daß sie tatsächlich Normalmenschen sind; daß sie die üblichen Denk- und Tatweisen in den Nervenbahnen haben, daß sie sich nur allzu gern in die realexistierenden Beziehungsstränge einklinken, daß sie zunehmend aufbauend und erbaulich wirken wollen – und so kommt's zum treuen Einmarsch ins laufende Programm; kommt's zur fleißigen Kärrnerarbeit in Kreisen und Gemeinden (die hier nicht schlechtgemacht werden soll, um Gottes willen!), kommt's zum Gerangel um Biotope und Grenzwerte und Müllentsorgungsmethoden; kommt's leider auch zur albernsten, aber so beruhigenden Formel vom »ökologischen Umbau der Industriegesellschaft«.

Zudem fühlen sie sich bedrängt, die Grünen, durch so viele andere Verwundete der Gesellschaft, die es zu betreuen gilt, weil sie das verfaulende Unionschristentum und der verkommene Liberalismus an der politischen Findelpforte abgeliefert haben: Menschen-, Frauen-, Minderheits-, Flüchtlingsrechte …

Und so blieb und bleibt's beim ständigen und folgenlosen Gruseln unter der schwarzen Wolke, bleibt's beim vertrauten Betrieb, bleibt es bei der stillschweigenden Mehrheitsüberzeugung, daß man die alten Streitriten und Gesellschaftsspiele einfach weiterspielen muß, weil man sonst ohnehin nichts mehr hat. Aber alle diese Riten und Spiele sind schon entkernt, durch den steinernen Blick der Gattungsfrage jeder wirklichen Lebenskraft beraubt, während die Lava der Panik unter immer dünnerer Erddecke kocht und an immer mehr Stellen ausbricht. Das betrifft die Politik, das betrifft die Ökonomie, das betrifft die Glasperlenspiele der Intelligenz und die Botschaften der Kirchen – Primitiven- und Primatentheater im allerwörtlichsten Sinne, Stellproben kultureller und biologischer Standardszenen, die sich nicht mehr zu einem noch sinnvollen Drama fügen wollen.

Dabei gilt es, uns selbst nicht zu entschuldigen, uns mehr oder weniger geschätzte, mehr oder weniger verschämte Vordenker. Genau am Grenzstrich zur wirklichen Gattungslogik haben wir haltgemacht; ob Fundi oder Realo, ob *shallow* oder *deep*, ob in philosophischen Kuckuckswolken oder in dampfender Heimatscholle siedelnd.

Aber so darf man leider nicht aufhören – nicht mit dem Denken. Jedenfalls nicht, wenn man Partei ist; das heißt, wenn man die Partei des Lebens ergreift (und zwar mit einem vollen Ja zu seiner Todesdurchwachsenheit). Dann haben wir Abstand zu nehmen von den Ablaßmärkten der Politik, von den Panflötenquartetten des *New-Age*-Konzerts. Es genügt auch nicht, ein paar feinsinnige Räusperer in die Lügen der Macher einzuflechten – und schon gar nicht kann es gestattet sein, in die philosophischen Wonnen des Weltuntergangs hinabzurodeln, wo dann eh alles wurst ist.

Vielmehr ist der Schmerz der Genauigkeit fällig, und den gilt's uns selber anzutun. Es gilt, genau hinzusehen auf Leben und Tod, ohne Abstriche, Auslassungen und Verschleierungen, und noch im schrecklichsten Schein dieser Jahrtausendwende den Steg in die Entscheidung (und das heißt in eine Wahlfreiheit) wahrzunehmen.

Das setzt Wertwahl voraus. Es ist ja längst nicht mehr selbstverständlich, Sorgen an die Zukunft zu wenden (vermutlich sind alle, die das tun, bereits eine Minderheit). Wir halten es jedoch nicht nur für richtig, sondern für bereichernd. Wir halten es für bereichernd, ins Dunkel der Zukunft zu denken, weil aus ihr Widerschein auf die Pflichten der Gegenwart und die Irrwege der Vergangenheit fällt.

Ist dies entschieden, ergeben sich weitere Voraussetzungen fast von selbst. Etwa hat sich der Wille, der Menschheit als Gattung die irdische Heimat zu erhalten, der Tatsache zu stellen, daß dies auf der Grundlage der ausschließlichen oder auch nur vorrangigen Wohlfahrt des Menschen nicht möglich ist; es widerspräche dies den wichtigsten Einsichten der Lebenswissenschaften. Damit ist von vornherein und als Ausgangspunkt die philosophische Haltung gegeben, die man *deep ecology* nennt. Und wir werden sehen, daß sich der Mensch im Letzten nur dadurch von allen anderen Arten unterscheidet, daß er dieser Einsicht fähig ist. Daraus ergibt sich der Satz:

*Der Mensch ist nur Krone der Schöpfung, weil er weiß, daß er sie nicht ist.*

Sicherlich verschließen sich hartnäckige Fundamentalisten jeder Färbung (einschließlich der weltlich-wissenschaftlichen) dieser Einsicht grundsätzlich; sie werden es vorziehen, unseren Gemeinschaftsselbstmord weiterhin vorzubereiten – in mehr oder weniger mühsamer Bewußtlosigkeit. Und man kann ihn schon dadurch vorbereiten, daß man ihn nach Philosophenart hinnimmt. Solche Hinnahme kann von edlen, etwa stoischen Gefühlen begleitet sein; sie hat nur den Schönheitsfehler, daß sie durch Unterlassung des (vielleicht noch) Möglichen kommende Geschlechter, vielleicht schon unsere Kinder und Enkel, zu langwierigem, qualvollem Sterben verurteilt. Denn: Im Stil des römischen *arbiter elegantiarum*, des Stutzers, der sich zwischen Falernerkrug und Beischläferin in der Badewanne die Pulsadern öffnet, wird dergleichen Hinnahme wohl nicht zu bewerkstelligen sein; vielmehr sagt sie, ob sie es laut sagt oder nicht, ein tausendfaches Bosnien und ein hundertfaches Tschernobyl an.

Doch selbst wenn solche qualvolle Düsternis unter keinen Umständen zu vermeiden wäre; wenn unser

Gesamtunverstand und das machtvolle knirschende Getriebe unserer Megamaschine wirklich dieses Welthaus zertrümmerte; wenn, mit gängigen Worten gesprochen, ›unabsehbare‹ Folgen und ›unvorstellbare‹ Not über uns hereinbrächen: Es würde uns noch lange nicht der vorliegenden Aufgabe entheben.

›Unvorstellbar‹ und ›unabsehbar‹ bedeuten zunächst genau das, was sie sagen: daß wir nämlich gewisse Zukünfte nicht absehen und uns nicht vorstellen können oder wollen.

Und das ist doch ein recht unzuverlässiger Maßstab. Was ist und war für die Menschheit nicht alles unvorstellbar? Unsere mittelalterlichen Vorfahren hätten unsere Sorte von Heidentum unvorstellbar gefunden. Goethe hätte seine Vorstellungskraft verlassen, wenn er versucht hätte, aus seiner Italienreise auf den Tourismusbetrieb von heute zu schließen. Jemanden wie Eichendorff hätte das Sterben der deutschen Wälder wohl zum Selbstmord veranlaßt. Und Karl Kraus hat die *Letzten Tage der Menschheit* diagnostiziert, ehe es Adolf Hitler und die Atombombe gab.

Dennoch wird gelebt. Dennoch suchen wir nach Lebenssinn, und dennoch können wir von dieser Suche nicht zurücktreten. Keine Zukunftsweissagung, kein Rollenbuch des Schlimmstfalles vermag unwiderleglich festzustellen, daß alle Steine des großen Menschheitsspiels eingesammelt sind und nichts, wahrhaftig nichts mehr geht. Niemand kann wissen, wann und wie seine Anstrengungen um die Wahrheit und Klarheit einmal gefordert werden.

Als im vierten und fünften Jahrhundert die Kirchenväter schrieben, sahen sie das Latein der Welt so ziemlich am Ende – wenigstens was das Römische Reich, einen Jahrtausendbau, betraf. Keiner von ihnen konnte voraussehen, welch wundersame Altarnischen ihm romanische, gotische, byzantinische, barocke Kirchen anbieten würden. ... Ergo (und ohne uns mit den Kirchenvätern vergleichen zu wollen): Es ist für uns schlechterdings nicht voraussehbar, welcher Zukunft wir den Schmerz der Genauigkeit schulden. Denn es ist wiederum unvorstellbar, wie die Menschen, die unsere Genauigkeit benötigen könnten, unsere Jahrtausendkrise durchlebt und überstanden haben werden. Wenn es auch nur die geringste Möglichkeit gibt, daß unser geringster Gedanke zu solchem Überleben beiträgt, ist der Ausweg der Resignation untersagt – selbst bei edelsten Begleitgefühlen.

Also auf – und über den Grenzstrich!

## II

## GRUNDSÄTZLICHES I: LEBEN/TOD

*Dem Leben vertrauen!*

Unter diesem Titel stand vor einigen Jahren ein deutscher Katholikentag, der in München abgehalten wurde. Ein schöner Titel; aber mir schien, daß er ohne das notwendige Bewußtsein von seiner Zwieschlächtigkeit gewählt worden war.

Die ganze Anlage des vorgesehenen Programms lief natürlich auf den üblichen katholischen Trompetenstoß hinaus: Erleichtert die Abtreibung nicht! Aber auch wer diese besondere Form der Bevölkerungskontrolle für beklagenswert hält (der Verfasser tut es), darf dennoch nicht den Kampf für und das Vertrauen auf das Leben in den Trichter dieses einzigen Themas hineinzwängen.

Wir sagten schon: Bewohnbarkeit der Zukunft ist nicht durch die Sorge für eine einzige Art zu sichern. Es gilt der Satz des Albert Schweitzer:

*Ich bin Leben, das leben will, inmitten von Leben, das leben will.*

Und daraus folgt zwingend der Soll-Satz:

*Die Achtung und der Schutz des menschlichen Lebens sind auszuweiten auf Achtung und Schutz allen Lebens auf der Erde.*

Es ergibt sich aus diesen beiden Sätzen die weitere Folgerung, über die wir bereits sprachen: Eine solche Haltung, eine solche Lehre ist nicht mehr anthropozentrisch; das heißt, sie dreht sich nicht mehr um eine einzige Gattung wie um eine Mittensonne, von der alles andere bestimmt wird und abhängig ist.

So weit, so schön und gut. Aber wenn wir noch ein paar Schritte weiterdenken wollen, wird's sittlich (und das heißt in der Praxis) sehr, sehr schwierig.

Denn was ermöglicht es überhaupt diesem LEBEN, das leben will, zu entstehen und eine Zeitlang am Leben zu bleiben?

Der natürliche Kreislauf, was sonst. Der Kreislauf des niederen und höheren Lebens. Und der Tod übt sich seinerseits nur am Leben; würde nicht existieren ohne das Leben – ja, er ist letzten Endes selbst nichts anderes als eine Verkehrsform des Lebens, seines allgemeinen wirkenden Zusammenhangs.

Der Dichter sagt's:

*Wenn du aber dies nicht hast,*
*Dieses Stirb und Werde …*

Stirb und Werde. Hunderttausende von deutschen Gemütsmenschen haben diesen Vers andächtig nachgesprochen, mit mehr oder weniger frommem Augenaufschlag, bis hin zu mehr oder weniger netten, mehr oder weniger mörderischen Nazis.

Freilich, zehntausend andere können das nicht, wollen das nicht, geben, wie Dostojewskis Iwan Karamasow, das Eintrittsgeld für diesen Kreislaufzirkus zurück. Wenn sie ihn betrachten, steigt aus ihren entsetzten oder doch beklommenen Herzen ein ganz anderer Wortschatz herauf – die Vokabel etwa vom »Fressen und Gefressenwerden« oder das Wort eines englischen Dichters, der die Natur als »rot an Zahn und Klaue« beschreibt.

Solches Entsetzen ist ehrlich, ja ehrenvoll; es verdient nicht nur Achtung, sondern will sehr ernsthaft bedacht sein. Es deckt auf, was in der olympisch-behäbigen Formel vom ›Stirb und Werde‹ verschwiegen bleibt: die fürchterliche Grausamkeit der Lebensvorgänge, die Fänge des Löwen in der Schnauze des Büffels, das Auffressen lebendiger Wirtskörper durch die Larven anderer Arten, das Ineinander von Mord und Begattung. Ja, das gibt es alles; es ist sinnlos, die Augen davor zu verschließen. Und so kann durchaus Partei ergriffen werden gegen das Leben, es geschieht immer und jederzeit. Moderne Beispiele gibt es in Fülle; sinnlicher und ergreifender als diese ist wohl der Brauch der alten Thraker gewesen, die das Los jedes Neugeborenen beweinten und sich von Gestorbenen festlich verabschiedeten. Solche Grundgesinnung ist jedenfalls edler als das zweckoptimistische Gefasel der sogenannten Verantwortlichen, welche die Erhaltung der natürlichen Lebensgrundlagen als politisches Ziel verkünden und sie fortwährend schänden und vernichten.

Hier ist zunächst nur Parteinahme möglich. Doch jeder, der Partei nimmt gegen das Leben, der mit den Thrakern und den Gnostikern stimmt, muß sich und anderen zugeben, daß er in der schlechteren Ausgangslage ist – jedenfalls, solange er selbst atmet und lebt, selbst in der Leidenschaft noch lebt, mit der er die Leben/Tod-Bedingungen unseres Daseins verwirft; daß er sich nährt, schlafen geht und aufsteht, zumindest bis er seine Gesinnung durch Freitod besiegelt – und all das im zwingenden Rahmen des Schweitzer-Satzes, den es nun zu erweitern gilt:

*Ich bin Leben, das leben will, inmitten von Leben, das leben will, und deshalb tötet und selbst getötet wird.*

Das ist unausweichlich. Gewiß, wir können diese Vorgänge etwas zivilisieren; können die schlimmsten Grausamkeiten selber vermeiden, können sie da, wo sie stattfinden, abzuschaffen oder doch wenigstens zu lindern versuchen. Vor allem müssen alle Deutungen grobschlächtiger Darwinisten zurückgewiesen werden, welche den Haß zwischen Menschen und den Massenmord, sei er direkt oder indirekt, in Befehle der Natur umlügen. (Adolf Hitler tat das, es ist in *Mein Kampf* nachzulesen. Darüber, über Hitler, wird eigens geredet werden müssen.) Wir können auch

Vegetarier werden, und Einwendungen gegen diesen Entschluß wären nicht sinnvoll. Nur müssen wir uns darüber klar sein, daß wir auch dann noch töten. Der Vegetarier tötet durch die Auswahl der Pflanzen, die er anbaut, und um die herum er das sogenannte Unkraut jätet. (Schon durch den Namen, das heißt die Vorsilbe ›Un-‹, spricht er vielfältigen Gedanken Gottes die Lebensberechtigung ab.) Und wenn die Zahl der Vegetarier eine gewisse Dichte pro Quadratkilometer oder Hektar überschreitet, wird auch und gerade diese Lebensweise zum Todesschicksal für Wildtier und Wildpflanze, ob das von ihren Jüngern bewußt erwogen wird oder nicht.

Unsere Arbeit an der Zukunft kann sich also nicht darin erschöpfen, möglichst viele Lebensarten zu erhalten, ohne die Netze der Leben/Tod-Beziehungen zu berücksichtigen. Um eine bewohnbare Zukunft zu sichern, müssen wir zunächst fragen, welche Arten des Tötens, des Sterbens, der Lebensförderung oder Lebensverweigerung die Gesundheit der gesamten Biosphäre am meisten und (vor allem) am nachhaltigsten fördern. Und aus den Antworten darauf, so vorläufig sie sein mögen, haben wir unsere Leitvorstellungen zu entwickeln.

TOD – das Wort will vor allen anderen geklärt sein. In dem Sinn, in dem wir hier von ihm sprechen, schließt er jede Art von Lebensverweigerung ein, von Lebensverhütung und -beschränkung bis zur tätigen Tötung.

Dabei ergeben sich bereits dringende Notwendigkeiten und Fragen der richtigen Abwägung. Der uns allen bekannte Naturschutz, der ja als Bewegung schon weit über hundert Jahre alt ist, war sicher ein erster Schritt auf dem langen und fallenreichen Weg zu einer Lebensethik, wie wir sie heute und vor allem morgen benötigen – aber seine ersten Einsätze waren recht naiv. (Viele sind es heute noch.) Die Naturwissenschaft alter Art, die zünftige Zoologie und Botanik, gab den Naturschützern sozusagen eine Rangpyramide vor, die über den jeweiligen Grad der Schutzanstrengungen für eine Tier- oder Pflanzenart entschied. Säuger haben Vorrang vor anderen Wirbeltieren, Wirbeltiere vor anderen Tierarten und so fort. Es kamen und kommen aber merkwürdige Gefühlsentscheidungen dazwischen. So erscheint den meisten von uns das feuchtäugige Reh liebenswerter als der freche Schimpanse, ist uns die schluchzende Nachtigall lieber als die starre Echse. Und im Pflanzenreich geht's dann völlig nach dem Schnittmuster unserer Schönheitsvorstellungen.

Es ist recht wahrscheinlich, daß solcher Naturschutz mehr Schaden als Nutzen stiftet. Sehen wir uns daraufhin etwa den Umgang von Freund und Feind mit dem Rot- und Schmalwild in unserer Landschaft an!

Daß sein Überhandnehmen in dieser Landschaft bereits eine Dauerkrankheit geworden ist, wird von immer mehr Menschen verstanden. Eine jüngere, lebenswissenschaftlich beschlagene Förstergeneration quält sich seit Jahrzehnten mit jenen trophäensüchtigen Emporkömmlingen, den Nobeljägern, herum, die meist auch die Gunst ihrer politischen Herzensfreunde genossen und genießen. (Seit einem prominenten Jägertod in Bayern 1988 soll es etwas besser geworden sein.) Für die Gesundheit der Wälder sind diese künstlich gehegten und gefütterten Herden ein Schädlingsbefall, der oft noch die Wirkung der chemischen Schadstoffe übertrifft.

Nun gibt es eine Widerstandsideologie gegen diese Jägerei, die bis zum Ansägen von Hochsitzen geht, und die hauptsächlich städtische Grüngesinnte beseelt. Sie wendet sich gegen das Töten von Wildtieren an sich, nicht nur gegen seine verkommene und bornierte, aus dem Feudalismus fortwuchernde Form.

Dieser blinde Betroffenheitstatendrang, so gut er gemeint sein mag, zeigt, wie schwierig es sein kann und wohl noch oft werden wird, ein der tatsächlichen Wirklichkeit angemessenes Lebens- und Todes-Konzept zu entwickeln. Sicher, der Protzenjägerei von Zahnärzten, Anwälten und Politikern (sollte ich einen wesentlichen Bestandteil der Clique nicht erwähnt haben, darf ihn der Leser einfügen) das Handwerk zu legen, wäre ein höchst löbliches Unterfangen. Aber wären unsere Jagd-Widerständler vielleicht damit zufriedenzustellen, daß man die nötige Kontrolle der Wildnis neu einzusetzenden Wölfen und Luchsen anvertraut? Oder würden sie diese Kontrolle einfach dem Nahrungsmangel überlassen?

Beides ist problematisch. Wolf und Luchs wären sicher eine ökologisch sinnvolle Lösung – aber würden unsere Jagdfeinde sie auch noch bejahen, wenn ihnen der Unterschied zwischen einem sauberen Blattschußtod und dem recht langen Sterben durch Raubtierzähne lebhaft, etwa bildhaft-kinematographisch vorgeführt würde? Und der Hungertod würde nicht nur noch länger dauern, er wäre auch noch qualvoller – ganz abgesehen davon, daß heißhungrige Wildbestände die Krankheit der Wälder womöglich bis zu ihrem endgültigen Absterben verschärfen würden.

Dieses Beispiel von Abwägung kann nur ein bescheidener Vorlauf sein zu den Aufgaben, denen wir an diesem Jahrtausendschnitt gegenüberstehen. Die Wirklichkeiten der Lebenswelt haben sich erst in den letzten Jahrzehnten in ihren schwierigen Vernetzungen offenbart – genauer: haben begonnen, sich zu offenbaren. Diese Wirklichkeiten können wir mit den Werkzeugen, die uns die Evolution mitgegeben hat, nie ganz erfassen – höchstens in gleichnisträchtigen Mythenbildern.

Eines dieser Mythenbilder ist als Name einer wissenschaftlichen Theorie in unsere Gegenwart zurückgekehrt; der Name lautet GAIA. Es ist dies die ältere griechische Form der Erdgöttin, aus der alles Leben geworden ist und wird.

Die GAIA-Theorie besagt nichts anderes, als daß sehr bald nach der Entstehung unseres Planeten, also vor mindestens drei Milliarden Jahren, lebende Organismen in Wechselwirkung mit den zunächst leblosen Gegebenheiten unseres Planeten getreten sind, daß bereits in jener Dämmerzeit ein fließendes, aber Leben stabilisierendes und weiterentwickelndes Gleichgewicht entstand, und daß diese Gegenseitigkeit von Leben und Lebensbedingungen in und mit der gesamten Biosphäre selbst zumindest etwas Ähnliches wie einen lebenden, ja denkenden Organismus hervorbringt.

Der Gesamtprozeß ist so ungewöhnlich, hängt von so vielen Einzelbedingungen ab, daß es schwer ist, GAIA nicht als übergeordnete Vor-Ordnerin und Mittlerin, als (im antiken Sinne göttliche) *Mediatrix* unseres Daseins zu empfinden. Dem Naturwissenschaftler sind derartige Spekulationen natürlich strengstens untersagt; aber die Wunder der planetarisch-biosphärischen Gesamtheit sind so überwältigend, daß sich zwangsläufig ein Gefühl der Ehrfurcht entfaltet.

Hier sind einige (von Krumbein und Dyer zusammengestellte) Daten:

Zur Zeit leben auf der Erde etwa $1-7\times10^{22}$ Organismen, und ihre Zahl ist wohl in den letzten drei Milliarden Jahren ziemlich gleichgeblieben. 99,8 Prozent aller Arten sind mikroskopisch, und ihre Tätigkeit hat sich seit dem frühen Dämmerschein des Lebens nicht wesentlich geändert. Bakterien sind praktisch so alt wie das Leben selbst; ihre Arten sind unzählbar; und es gibt kaum chemische oder katalytische Prinzipien, die nicht seit zweieinhalb Milliarden Jahren von Bakterien angewendet wurden. Sie können sich an ziemlich alle Gegebenheiten anpassen, können die Biochemie der Erde verändern, und zwar in ungeheurem Umfang. Nicht nur haben sie die meisten Gebirge gebaut – man spricht heute davon, daß zumindest Auslöse- oder Begleitvorgänge der Kontinentalverschiebung auf sie zurückgehen.

Verglichen mit dieser Welt der Bakterien sind wir Wirbeltiere und insbesondere wir Säuger wahrhaftig Luxusausgaben – prächtige, in weiches Leder gebundene Sammlerstücke, die auf der Oberfläche eines Raum-Zeit-Meeres von Leben schwimmen. Aber wir haben unsere Funktionen, wir sind eingebunden in den Stoffwechsel, wir profitieren davon, daß anaerobe, das heißt nicht auf unsere Außenluft angewiesene Bakterien als ihre Ausscheidungen all den Sauerstoff freigesetzt haben, den wir zum Atmen und zum Stoffwechsel mit den Pflanzen benötigen. Und im Lauf dieser lebenserhaltenden und lebensfördernden Tätigkeit wurden auch die ungeheuren Flöze von Kohlenstoff (festem und flüssigem) in die Tiefen gepackt, aus denen wir sie heute wieder herausholen – im stolzen Bewußtsein, damit dem Fortschritt zu dienen.

Die Mikrobiologin Lynn Margulis hat deshalb die Mikroben treffend *our bacterial heroes*, unsere Bakterienhelden, genannt.

All das vermag uns das einzuflößen, was frömmere Zeiten die ›Furcht des Herrn‹ genannt haben. Leben und Tod lassen sich in solchem Zusammenspiel wahrhaftig nicht mehr als Gegensätze auffassen, sondern als einander zwangsläufig bedingende Durchgangsphasen in der Bewahrung und Weiterentwicklung des Lebens auf der Erde.

Die Selbstverstetigung des Planeten sorgt dafür, daß die Werkzeuge, welche jeder lebenden Art zur Verfügung stehen und zu denen ein ebenso blindes wie hartnäckiges Durchsetzungsvermögen gehört, letzten Endes einander immer ausgleichen, aber nicht neutralisieren. Der Lebensdrang der Bierhefe, der Schlupfwespe, des Hammerhais und des Schimpansen kennt keinen Todestrieb im Sinne Freuds, braucht ihn nicht zu kennen: Bevölkerungsschwankungen wilder Art werden über kurz oder lang von den drastischen Gesetzen des Flußgleichgewichts eingeholt. Noch keine Riesenherde von Grasfressern gab und gibt es, die zu einem wissenschaftlich bestimmbaren Zeitpunkt nicht von der Rinderpest oder einer ähnlichen Seuche zerschlagen worden wäre; keine Raubtierart, die ihre in fetten Jahren hochschnellende Dichte nicht in nachfolgenden Hungerzeiten wieder verlöre.

So gedieh und gedeiht der Lebensplanet in einer Sternenwelt, in der er eine offenkundige Ausnahme bildet; versucht (bisher erfolgreich) das irre Abenteuer des Lebens durchzustehen, gegen den Strom der Entropie zu schwimmen, indem er sein einziges

Einkommen, die Sonnenstrahlung, mit Hilfe immer vielfältigerer Mittel von Leben/Tod möglichst günstig einsetzt. Der Tod von Einzelwesen und Arten ist dabei dauernd im Spiel; jener Arten und Wesen, die das große Grundmeer der Bakterien ihrerseits zu ständigen genetischen Anpassungen zwingen, es aber nicht wesentlich dezimieren können. Immer wieder gab es in dieser Erdgeschichte des Lebens Katastrophen, bedeutende Katastrophen; am bekanntesten wurde der große Schnitt, den das Sterben der Riesensaurier markiert. Aber vielleicht ist die Katastrophe, die ihr jetzt ins Haus steht, die bisher seltsamste von allen.

Ihr Name ist Mensch. Von ihm wird nun zu handeln sein.

## III

## GRUNDSÄTZLICHES II: HOMO SS (sapiens sapiens)

Zunächst waren und sind wir Primaten. Mit den Schimpansen verbinden uns 98,8 Prozent unseres Erbguts. (Deren Abstand zum Gorilla ist wesentlich größer.) Unser Stammbaum ist lächerlich kurz, wenn man ihn etwa mit dem der Saurier vergleicht. Und die Weise, in der wir uns in dieser Lebensspanne der Biosphäre bedient haben, unterscheidet sich zunächst überhaupt nicht von der anderer Arten. Wie bei Bierhefe und Schimpansen ist oberstes, hartnäckig und eindeutig verfolgtes Gebot die Vermehrung, die Verstetigung, die zunehmende Sicherheit und Bequemlichkeit zunächst der Gruppe, dann des einzelnen. Dies wurde und wird nicht nur gegen die Natur durchzusetzen versucht, sondern auch gegen Artgenossen und Gruppen von Artgenossen. Die höhere Gewalt der irdischen Wirklichkeit war dabei lang so bestimmend, daß die Gesamtvermehrung der Menschheit in Grenzen blieb. Innerhalb dieser Grenzen setzten wir uns immer wieder mit Verhaltensmustern durch, die wir mit unseren 98,8prozentigen Vettern teilen. Wie wir wissen, verwenden die Schimpansen Werkzeuge, lügen, treiben Politik, führen Vernichtungskriege gegen Gruppen der eigenen Art, kurz: Sie erfreuen sich der gleichen fortschrittlichen Ausrüstung und handhaben sie fast so trefflich, wie wir das tun. Max Scheler hat dazu bemerkt, daß Alva Edison als Bastler und Glühbirnen-Erfinder durchaus noch in den Bereichen der Schimpansen handelt und wirkt.

Nicht aber die Person Alva Edison, der *Homo sapiens sapiens*. Da stehen wir an der entscheidenden Weggabel der Entwicklung.

Wo, so fragt Scheler weiter, liegt dann wirklich der Unterschied zwischen Mensch und Schimpanse? Was steckt, wie wir heute fragen können, in den eins Komma zwei Prozent?

Der Unterschied liegt in der Reflexionsfähigkeit des Menschen – und in seiner Suche nach ordnenden Zusammenhängen.

Der Urzeitjäger, von einem fallenden Stein verletzt, bekämpft seine Panik; bekommt sie unter Kontrolle. Er kann von sich selbst zurücktreten, kann sich außerhalb dieses panischen Selbst stellen, kann sein Trauma, sein Unglück, objektiv betrachten, oder doch so objektiv, wie es ihm möglich ist, kann daraus seine (richtigen oder falschen) Folgerungen ziehen. Derselbe (oder ein anderer) Urzeitjäger, der den Tod seines Bruders erlebt hat, aber diesen Bruder in zahlreichen Träumen wiedersieht und seine Stimme hört, formt daraus vielleicht die Urangst vor dem Doppelgänger. Zunächst zweckfreies Bewußtsein also, das unzähligen widersprüchlichen Eindrücken ausgesetzt ist und (mehr oder weniger erfolgreich, mehr oder weniger mißleitet) versucht, sie zu einem sinnvollen Muster zu ordnen: Das ist das Erbe, die neue Qualität, die den Menschen grundsätzlich von seinen Vettern im Tierreich, selbst den allernächsten, unterscheidet.

In diesen Reichen und Bereichen schlummern und wirken Verstandesschärfe und Phantasie, Spekulation und Wahnsinn. Aus ihnen entfaltet sich die Möglichkeit zu großer Kunst und desinteressierter Forschung, aber auch die Möglichkeit, paranoide Beziehungs- und Erklärungsnetze zu weben. Der Anthropologe Edgar Morin hat uns darauf aufmerksam gemacht, daß der *Homo sapiens* von Anfang an, gewissermaßen von seiner ganzen Anlage her, auch und immer der *Homo demens*, der verrückte Mensch, gewesen ist, heute ist und auch künftig sein wird.

Aber gerade deshalb ist es voreilig, von vornherein zu behaupten, wie das einige Vertreter der evolutionären Erkenntnistheorie tun, daß der Mensch und seine Erkenntnisfähigkeit aufs Überleben, nicht auf Wahrheitsfindung eingestellt sei. Natürlich ist es richtig, daß die Menschheit immer und immer wieder das, was sie in Raum und Zeit antraf, falsch gedeutet hat, und daß sie dadurch in schlimmste, oft tödliche Fallen geriet und gerät; aber diese Fehldeutungen waren oft genug nicht eine Folge der nackten Überlebensangst, sondern die Folge der überschießenden und dadurch fehlgeleiteten Erklärungswut. So können etwa Glaubenskriege bis zur Auslöschung beider Parteien geführt werden – und zwar um so wahrscheinlicher, je aufrichtiger sie selbst an ihre Gründe glauben. (Erledigen lassen sie sich nur durch die Einsicht in die Zweitrangigkeit, besser noch in die Nichtigkeit des Konfliktstoffs.) Wenn Zehntausende von russischen Menschen ihre Dörfer aufgeben, in die Wälder flüchten und dort generationenlang wie Tiere leben, weil sie der Zar zwingen will, das Kreuz mit drei, statt, wie sich's für pravoslawische Christenmenschen gehört, mit nur zwei Fingern zu schlagen, kann man wohl nicht davon reden, daß da ein Überlebensprogramm am Werk war...

Aber: Sind wir mit dieser Folgerung genau genug? Es läßt sich doch durchaus einwenden, daß es für die handelnden Altgäubigen wirklich um Tod oder Leben ging: um die Gefahr, eine ewige Glückseligkeit gegen das Wohlwollen eines ketzerischen Zaren, und das heißt gegen die ewige Verdammnis einzuhandeln. War diese Überzeugung nur stark genug, das heißt in den Köpfen und Herzen wirklich genug, dann war die Entscheidung zur Flucht in die Wälder eine höchst vernünftige Entscheidung, vernünftig selbst im Sinne des Schimpansenprogramms.

Nehmen wir also unsere Folgerungen einen Schritt zurück – nein, treiben wir sie in ausfaltende Genauigkeit vor! Worum es ging und geht, in jeder Menschenzeit (und Menschenangst) ging und geht, ist zunächst die Verstetigung des Lebens, seine Sicherung gegen den immer drohenden Tod. Doch von Geschlecht zu Geschlecht ändert sich die Deutung des Tod/Lebens, je nach der Deutung, die Leben/Tod erfährt. Die Menschheit hat Hunderte, Tausende von Kulturen hervorgebracht, in denen immer wieder andere Muster entworfen wurden. Viele dieser Kulturen, oft gerade die, welche uns in ihrer Schönheit am meisten ansprechen, wählten bewußt die Begrenzung, die Bändigung weiter ausgreifender Gier und weiterer Entfaltung in Zeit und Raum und Güterpracht und -menge zugunsten einer Stetigkeit der Gesittung und der Bräuche, die ihnen auf die Dauer lebensfähiger schien. (Die Wahrscheinlichkeit ist groß, daß sie damit recht hatten.) Ja, gerade die sogenannten Primitiven hielten und halten (wohl nicht mehr lange) an der Anwendung überlieferter Sinn- und damit Lebensprogramme mit großer Hartnäckigkeit fest.

Mit anderen Worten: Die Art und Weise, wie Menschen und Menschengruppen das Plus, die eins Komma zwei Prozent, den ›überorganischen Faktor‹ (auch so hat man das genannt) einsetzten, hat sich in Zeit und Raum immer wieder verändert. Und es wurden dabei immer wieder Hilfsbrücken ins Unbeweisbare geschlagen, um das Unerforschliche (sowohl das unerforschliche Weben der Welt wie auch das Unerforschliche am eigenen Glück oder Elend) mit Sinn zu füllen.

Sinnsuche und Sinnfindung. Auf seiner Wanderung durch die Rätselwüsten der Welt und der Geschichte hat der Mensch diese Notwendigkeit über jede andere gestellt. Sicher, der steinerne Druck der

Materie (meist des Hungers oder der Gefahr durch Feinde) hat auf die Sinnsuche immer zurückgewirkt; dennoch vermag ein wirklicher (oder vermeintlicher) Sinnzusammenhang stark und einleuchtend genug zu bleiben, um ihn auch noch in Zeiten bitterer Not festzuhalten – selbst einer Not, die durch dieses Festhalten erst entstanden ist. (Neben den Altgläubigen Rußlands sind ein gutes Beispiel jene Inder, die lieber höflich verhungern, als von Parias zubereitete Speisen zu verzehren.)

Die Falle, in die die Menschheit heute zu tappen droht oder schon halb getappt ist, hat einen grundsätzlich anderen Charakter:

Ein Teil der Menschheit, und zwar jener Teil, der sich schon seit mindestens fünfhundert Jahren als ihr umtriebigster erwies, hat sich mehr und mehr von alten Sinngebungen gelöst und beschlossen, das bisherige Verfahren, Stetigkeit des Lebens durch Sinnsuche zu erreichen, grundsätzlich umzukehren; Sinn als solchen gibt es nur in der Suche selbst, und zwar in der grundsätzlichen und vollständigen Bejahung des weitgefaßten biologischen Programms: Suche nach dem Glück (*pursuit of happiness*). Es geht also um Erweiterung, Verstetigung, Verlängerung des einzelnen und des Gruppenlebens durch die stetige Verbesserung des Schimpansen-Arsenals. Für diese Verbesserung werden alle Kräfte des überorganischen Faktors zusammengefaßt und eingesetzt. Was darüber hinaus noch an vereinzelten Sinnbedürfnissen herumliegt, wird in die Ecke der Sozialbetreuung, der geisteswissenschaftlichen Lehrstühle und des Kulturbetriebs gefegt, zu dem heute auch die Kirchen zu rechnen sind.

Das neue Programm war innerhalb seiner selbstgestellten Aufgabe über alle Maßen erfolgreich. Der Reichtum der Welt und die Zahl der Menschen haben sich innerhalb eines Jahrhunderts vervielfacht, und wenigstens für einen, nämlich den genannten umtriebigsten Teil der Menschheit, haben sich Lebensverhältnisse von einer Bequemlichkeit ergeben, wie sie bisher noch nie erreicht wurde.

Das Peinliche ist nur: Es ist ein Bierhefeprogramm geblieben. Und das besagt, daß die Menschheit, wenn sie daran festhält, in absehbarer Zeit das Schicksal der Bierhefe teilen wird: in den eigenen Exkrementen zu ersticken. Das und nichts anderes ist das Wesen der Gattungsfrage, wie die Gegenwart sie stellt; zum ersten Mal in dieser Form und Unausweichlichkeit stellt.

Ein Schicksal von beträchtlicher Ironie – wenn man den Abstand aufbringt, sie zu sehen. Jahrtausendelang krallte sich die Menschheit hartnäckig an eine Welt, die sie nur sehr teilweise verstand: Sowohl der Makrokosmos, die Welt der Gestirne, wie auch der Mikrokosmos, das Urmeer des Lebens, blieb ihrem Erkenntnisvermögen unzugänglich, dessen entwicklungsgeschichtliche Grundlagen gar nicht darauf gerichtet sind, Wahrheit unverstellt zu erfassen. Ihr Überschuß an Sinnbedürfnis nötigte sie aber ständig, nach Zusammenhängen zu suchen, die sie mehr oder weniger gleichnishaft den Erfahrungen ihres praktischen und emotionalen Zusammenlebens mit Mensch und Natur entnahm und auf den Umgang mit der Übernatur anwandte. Mit anderen Worten, die Frühmenschen taten genau das nicht oder nur unzureichend, was ihnen die klassischen Aufklärer von Daniel Defoe bis Marx/Engels andichteten. Sie benahmen sich nicht als *Homines fabri*, als reine Werkzeugmacher, die einen Fisch zurücklegen, um am nächsten Tag eine Angel fertigen zu können, dann drei Fische, um Zeit für ein Netz zu gewinnen, und schließlich genug Räucherhering, um das Ausschaben eines Einbaums in Angriff nehmen zu können. (Man hört dergleichen noch im philosophischen Teil von Unternehmerseminaren; wahrscheinlich geistert es auch in gewerkschaftlicher Bildungsarbeit herum.)

Nein, die eigensinnigen Frühmenschen bestanden, wenn erst einmal der gröbste Hunger gebändigt war, auf sinnbildenden Tätigkeiten und Spekulationen, die wir aus den einst primitiv und heute traditionell genannten Gesellschaften kennen. Auch bei solchen, die in äußerst kargen Gegenden leben, füllen sie nach wie vor den größten Teil der Tage und Nächte aus: Ritus, Tanz, Formen bildender Kunst, das Erzählen von weihevollen und weniger weihevollen Geschichten. Sie versäumten und versäumen damit eine Menge Zeit, die sie nach Meinung der platten Aufklärer dafür verwenden sollten, ihre Lebensumstände im Sinne eines tüchtigen Schimpansenprogramms zu verbessern. (Kolonial- und Missionsgeschichte zeugen davon, wie solche Plattheit in Praxis umgesetzt wurde – mit den bekannten, oft tieftraurigen Folgen.) Diesem unvernünftigen Hang des Menschen verdanken wir unter anderem die Höhlenmalereien von Lascaux und Altamira, die Kathedrale von Reims und die Krönungsmesse von Mozart.

Aber dieser Eigensinn bewirkte natürlich auch, daß die tödlichen Widrigkeiten des Daseins zunächst nicht mit der nötigen Kühle und Disziplin erforscht wurden. Andere Brücken boten sich an, Brücken der Sinnsuche und Sinnfindung. Die Religionswissenschaft weist auf den ersten und ursprünglichen Auslösevorgang (*religious event*) hin: die mitleidende und mitjubelnde Beobachtung von Entropie und Syntropie – das heißt, man sah die Welt altern, welken, erkalten im Gang der Tag- und Jahreszeiten, man sah die Menschen hinfällig werden und sterben, man sah soziale Gruppen verkommen und sich spalten, man sah sogar die Sonne ganz oder teilweise vom Drachen der Finsternis verschlungen. Aber man gewahrte auch das Gegenteil: das Wiedererstarken der Sonne, die Jugend des Stammes, das Grün der Bäume und Steppen, die Fruchtbarkeit der Erde. Der Lebensprozeß ist syntropisch; das heißt, er hat gelernt, das stete Energieeinkommen aus der Sonne aufs beste zu nutzen. So erlebt der Mensch, schon der Urmensch, zwei Kräfte, zwei Tendenzen, zwei Strömungen: den eisigen Strom der Entropie, des Wärme- und Informationstodes – und, ihm scheinbar völlig entgegengesetzt, den zähen, immer wieder siegreichen Widerstand, ja das Vordringen des Lebens gegen diese Strömung.

Die ältesten Religionen suchten nach Mitteln, den Lebensprozeß gegen den Tod zu unterstützen; sie glaubten sie in den Umgangsformen zu finden, die sie aus ihrem Zusammenleben kannten: Umgangsformen des Flehens und Drohens, des Opfers und heiligen Handels, wobei man sich der Rätselhaftigkeit der Mächte, mit denen umzugehen war, durchaus und immer bewußt blieb. Die stets neu erprobte Antwort auf diese Rätselhaftigkeit war die Ritualisierung; man ließ gewissermaßen den angesprochenen oder angeflehten Mächten möglichst wenig Ausreden für unpassende oder ausbleibende Antwort.

Und wenn diese Ritualisierung streng genug ist, ist sie ja auch kaum zu widerlegen. Wer kann schon einen Natchez-Indianer widerlegen, der weiß, daß die Sonne nur aufgeht, wenn der Kultkönig auf der Spitze des Hügels um ihren Aufgang betet? Er jedenfalls hat das Gegenteil, also das, was man heute die Falsifizierung eines Tatbestandes nennt, nie erlebt; denn so dumm, den Kultkönig nicht beten zu lassen, waren die Natchez nie …

So erreichten solche ›kosmischen‹ Religionen oft eine phantastische Lebensdauer. Man hat etwa in der Nähe von Ahrensburg bei Hamburg alte Teiche gefunden, in denen Renskelette mit steinernen Herzen lagen. Carbon-14-Prüfungen ergaben, daß dieses Ritual der Versenkung eines Opfertiers wohl zehntausend Jahre lang ausgeübt wurde.

Dennoch erlebte und erlebt die Menschheit immer wieder Schicksalsschläge oder Schicksalswunder, die als gänzlich willkürliche Taten des Himmels oder der Himmelsmächte gelten mußten. Ihre Ursachen entzogen sich zunächst der Erforschung; und wenn man auch einige von ihnen kannte, war man doch nicht in der Lage, sie zu vermeiden.

Taten Gottes, *Acts of God*, heißen noch heute in der englischen Rechtssprache die Ereignisse, die im Juristenlatein *vis major* und im Juristendeutsch ›höhere Gewalt‹ genannt werden.

Sie sind deshalb so wichtig, weil in ihnen und aus ihnen unsere wirkliche Lage in der Welt, vor allem in der Lebenswelt einsichtig wird. In ihrer umstürzenden Veränderung wird auch die ganz neue Qualität der Gattungsfrage sichtbar.

## IV

## TATEN GOTTES

Da sind zuerst die völlig un-menschlichen Ereignisse der Erde, die Bewegungen unterhalb der Lebenswelt: Erdbeben, Fluten, Vulkanausbrüche, Orkane. Das Leben, auch das menschliche, kommt mit ihnen zurecht – wenn auch unter gewaltigen Opfern. Der Ausbruch des Vulkans Krakatau im vorigen Jahrhundert soll eine kleine Eiszeit ausgelöst haben, weil seine Wolkenmassen sich vor die Sonne schoben. Was Erdbeben und Stürme anrichten können, erleben wir fast jedes Jahr – sogar in steigendem Maße. Und die Flutwellen, die die Küsten von Bangladesh mißhandeln, sind vielleicht auch nur Vorläufer der Wogen, die da kommen sollen. Doch davon später mehr.

Darüber (oder darunter, je nach dem Blickpunkt des Betrachters) gibt es eine Vierergruppe von Gottestaten, die seit jeher als die versammelte große Heimsuchung empfunden wurde. Ihr Bildnis in der abendländischen Kunst sind die Apokalyptischen Reiter, aus der Offenbarung Johannis genommen und allegorisch mit Namen versehen. Der erste und oberste Reiter ist der Tod, ihm zur Seite galoppieren die drei Schergen Pest, Hunger und Krieg.

Kein besonders gut geordnetes Vierergespann, nach unseren Begriffen. Gewiß, alle wurden und werden als Unheil erlebt, das sich unseren Eingriffsmöglichkeiten entzieht; dabei war und ist doch zumindest einer der Reiter, der Krieg mit Harnisch und Säbel, von Menschen bewaffnet und in den Sattel gesetzt. Haben die frommen Ahnen da das Nachdenken vergessen – oder einfach zu viel Unterwürfigkeit gezeigt?

Wohl nicht – sie sind vielmehr ihren Erfahrungen gefolgt. Die vier Reiter sind in ihrer Erfahrung stets oder doch fast immer im Gespann erschienen, als gemeinsame Schlächter.

Völkerwanderung: Ein, zwei Grad Celsius in der jährlichen Durchschnittstemperatur genügt, dazu die Dürre und dadurch zwei, drei schwere Mißernten in Folge – und die Horden setzen sich in Bewegung. Sie stoßen seßhafte oder halbseßhafte Nachbarn an, die das Verderben weitertragen. So begann etwa die große Entvölkerung Europas nach dem Ende Westroms, und sie hielt durch viele Generationen an, bis Karl der Große, ein fränkischer Reiterhäuptling, durch Sumpfwälder zog, wo einst weiße Städte standen.

Völkerkrieg: Bis vor kurzem sah man da, lehrend wie belehrt, nur Schwerter blitzen, hörte Kanonengebrüll und wiehernder Rosse Getrabe, sah Landesväter oder Ritterschaften oder Advokaten den Fehdehandschuh werfen, sah wohl auch Tod auf dem Schlachtfeld (ehrenvoll) und Tod in brennenden, ausgeraubten, geschändeten Dörfern (weniger ehrenvoll). Man nahm und nimmt Land ab, gab und gibt Land hin, und das Ganze spielt als Spannungs- und Trauerspiel vor mehr oder weniger gleichbleibender Landschaftskulisse.

Dabei hat man meist die Rolle des Schwerts maßlos übertrieben. So beschreibt der bayerische Ersthistoriker Aventin, wie sich die Bajuwaren über die Lande zwischen Alpen und Donau hermachen, wie sie die ansässigen Kelto-Romanen niederhauen, wie sie die so geschaffene Wüstenei neu besiedeln und kultivieren.

Die Wirklichkeit sah etwas anders aus. Gewiß, Schwert und Spitzhacke sind grausam genug, aber für die wirklich gründliche Arbeit wird ein anderer, größerer Henker herangezogen: die Pest, der Held Mikrobe. Dieser grimmige Heros vollendete stets sowohl das Werk des Hungers wie das des Krieges.

Drei Beispiele – ein kleineres und zwei sehr große – für solches Zusammenwirken! Zunächst das kleinere:

Im Frankreich des 17. Jahrhunderts entsandte Kardinal Richelieu mitten im Frieden eine etwa 8 000 Mann starke Truppe aus dem südlichen Landesinneren an die Atlantikküste, um dort eine Hugenottenstadt zu strafen oder doch in Schach zu halten. Neuere Historiker, vor allem die französischen, haben Methoden entwickelt, um die Wirkung eines solchen Zuges auf die Leben/Todesschicksale des Landes zu berechnen.

Die Schätzung, die sie vorlegen, besagt, daß er das Sterben von Hunderttausenden verursachte – direkt oder indirekt. Die direkten Folgen, also von den Soldaten verübte Greuel, waren auch in Friedenszeiten erheblich, aber nur ein kleiner Bruchteil des Unglücks. Denn wesentlich mehr mähte der Pestreiter nieder, und die größte Zahl der Opfer überhaupt schlug der Hunger.

Diese Zahl kam so zustande: Beim Nahen eines Heeres (ob freundlich oder feindlich, ob das des eigenen Königs oder eines fremden) ließen die Landleute zunächst einmal das Werkzeug fallen und flohen in den Schutz eines städtischen Mauerrings, bis die Gefahr abgezogen war. Der Arbeitsausfall aber mitten in der guten Jahreszeit (die für solche Märsche allein in Frage kam), war fürs laufende Erntejahr nicht mehr aufzuholen, und die Erträge waren im Vergleich mit den heutigen jämmerlich gering, lagen meist knapp über der Grenze des Überlebens. So war fürs nächste Jahr eine Hungersnot und die aus ihr entspringenden Mangelkrankheiten sicher.

Das zweite, viel machtvollere Beispiel: der Schwarze Tod, die große Pest des 14. Jahrhunderts.

Sie wurde nicht durch den Krieg ausgelöst, sondern durch sein Geschwister, den Handel. Ihre Kriegshorde war eine neue Rattenart, die über Schiffs- und Karawanenwege eindrang und einen neuen Erreger einschleppte – einen Erreger, auf den der kleine Erdteil völlig unvorbereitet war.

Was kam, wissen wir. Bis zu zwei Drittel der europäischen Bevölkerung wurden hinweggefegt; und bis in unser Jahrhundert gingen die Geschichten um – von leeren, überwucherten Dörfern, in denen sich ein überlebender Trunkenbold herumtrieb; von Leichenbergen in engen Gassen und an Flußufern; von gespenstischen Kapuzenmännern mit scharfem Räucherwerk, die ihr wirkungsloses medizinisches Handwerk betrieben. Die Gesamtseele des Jahrhunderts (jenes *Herbstes des Mittelalters*, wie es Huizinga nennt) war versehrt, und die Folgen im Lebensgefühl, im Körperbewußtsein, im Frömmigkeitsstil reichen bis in die Zeit unserer Väter.

Noch folgenreicher freilich war die zweite große Pest unserer Geschichte. Sie fand und findet allerdings nicht mehr in Europa statt, und sie ist bekannt unter dem Namen der Entdeckung und Erschließung Amerikas.

Die Rattenart, die diesmal zum Werkzeug der großen Mikrobenwanderung wurde, trug Musketen und Brustpanzer und hieß, je nachdem, Spanier, Portugiesen, Holländer, Franzosen oder Engländer. Für sie, die intelligenten und energischen Säuger, war diese Entdeckung und Erschließung natürlich alles andere als ein Fluch; für sie wie für uns, ihre Nachfahren, war sie eines der segensreichsten Ereignisse der Geschichte. Da stieg ein gedeckter Tisch aus der westlichen See empor, ein gottgesandter Ausweg für Millionen, die seit der großen Pest schon wieder zugewachsen waren; zweifellos eine Großtat Gottes an seinen Erwählten – *Magnalia Christi Americana*, die Großtaten Christi in Amerika, so stand's überm ersten amerikanischen Geschichtsbuch, das der puritanische Pastor Cotton Mather schrieb. Und er wie alle anderen Frommen stürzten sich mehr oder weniger gewalttätig in dieses segensreiche Schicksal, dieses *Manifest Destiny*, das sie schließlich bis an den Pazifik trug.

Für die Amerikaner selber, nämlich die sogenannten Indianer, sah das anders aus. Sie bewohnten, als die Weißen kamen, ihren Kontinent zu Millionen, teilweise in kraftvoll entwickelten Gesellschaften. Daß die Ankömmlinge mit den Rothäuten wie mit Ungeziefer verfuhren, ist bekannt. Doch selbst die grausamste spanische oder angelsächsische Menschenjagd, selbst die Überlegenheit von Stahl, Kavallerie und Schießpulver, selbst die Überschwemmung hilfloser Stämme mit Juristerei und Fusel (oft in schöner Zusammenarbeit) genügen nicht, um zu erklären, wie so viele große Völker auf einige Stammestrümmer zusammenschrumpfen konnten:

Als Kolumbus die westindischen Inseln erreichte, lebten auf ihnen nach heutigen Schätzungen an die fünfzehn Millionen Tainos; vierzig Jahre später gab es sie nicht mehr.

Zwanzig oder dreißig Jahre nach der Eroberung Mexikos durch Cortés war das Land noch von höchstens einem Zehntel der Menschen bewohnt, die der Eroberer dort vorgefunden hatte.

Schon zur Zeit der sogenannten Pilgerväter, also zu Beginn des 17. Jahrhunderts, verschwanden ganze Algonkinstämme – ja, die Kolonisten fanden ihre großen Friedhöfe bereits vor, als sie landeten.

Es ist klar, was geschah. In passenden Wirtstieren der Art *Homo sapiens* waren riesige Heere von Mikroben aus den Biolabors der europäischen Städte und Landschaften aufgebrochen; kein einheitlicher Schwarzer Tod mehr, sondern eine ganze Musterkollektion mit Typhus, Blattern, Cholera, Ruhr, Masern, bis hinunter zum ordinären Schnupfenbazillus. Sie alle stießen auf Völker, die keinerlei Resistenz gegen sie entwikkelt hatten; schon die bretonischen und westenglischen Fischer, die an die Küsten Neufundlands gelangt waren, hatten genügt, um das Todesschicksal der Algonkins einzuleiten. Und man glaubt heute, daß die Pest-Reiter in den Blutbahnen indianischer Kuriere und Händler den Haufen des Pizarro ins Inkareich vorauseilten.

Gottestat für wen? Ein spanischer Priester der frühen Eroberungszeit wußte es und erklärte es: Die große Landnahme und das Sterben der Eingeborenen gehörten zusammen, entsprächen dem Wohlgefallen Gottes, der die weniger wohlgefälligen Bewohner jener Erdgegenden rechtzeitig entferne, damit sie der Entfaltung spanischer Macht und damit des Reiches Gottes nicht im Wege stünden.

Andere, etwa die französischen Jesuiten in Kanada, sahen das anders, waren ehrlich und tief betrübt, daß ihr Traum von einer wehrhaften christlichen Huronen-Nation zerrann, daß er mit ein paar Dutzend Überlebenden endete, die ihre Heimat räumen und sie dem alten Todfeind, den Irokesen, überlassen mußten.

Segen oder Fluch? Zornes- oder Wohltat Gottes? Treten wir noch einmal von dieser Alternative zurück. Stellen wir einfach fest, daß ein Erdteil, der wesentlich größer ist als Europa, einen wesentlich größeren Anteil seiner Bevölkerung verlor als wir in der Zeit des Schwarzen Todes; daß die mikrobische Gegengabe Amerikas, die Spirochäten der Syphilis, wesentlich weniger wirksam war (wenn sie auch Europas Lusthimmel auf Jahrhunderte hinaus verdüsterte); daß das von Weißen gewonnene Land den Aufbau der bisher wohlhabendsten Gesellschaft der Geschichte ermöglichte – und zwar nicht nur in Amerika selbst. Gerade dies war es wohl, was es den meisten Beteiligten (einschließlich des römischen Papstes) nahelegte, das Kolumbusjahr festlich als Segensjahr mit entsprechenden Dankmessen zu feiern.

Fest steht ferner, daß heute, dank dieser und anderer, wenn auch weniger wichtiger Entdeckungen jeder zweite Europäer heute in anderen Erdteilen als Europa lebt; in Erdteilen, denen er forsch und wirksam die Kultur seines Ursprungs aufnötigte, und sei es in der Form scheinbaren Widerspruchs gegen sie, etwa des Widerspruchs auswandernder religiöser Minderheiten.

Aber nötigen wir uns zu einem zweiten Blick auf die großen Seuchen. Drehen wir für diesen Blick sozusagen das Teleskop um, machen wir ihn so zu einem Blick aus göttlich-gleichgültiger Ferne, einem GAIA-Blick gewissermaßen. Und sehen wir noch einmal zu, ob diese Gottestaten solche des Zornes oder des Wohlgefallens waren!

Der Schwarze Tod, sagten wir, hat auf Jahrhunderte hinaus Europas Seele verwüstet. Und zweifellos hat er, so unparteiisch seine Erreger auch vorgingen, die Reichen gegenüber den Armen begünstigt. Die Armen starben wie die Fliegen in schmutzigen Dörfern oder überfüllten Gassen der Städte, während sich die Reichen (etwa die goldene Jugend von Florenz im *Decamerone* des Bocaccio) auf Landgüter zurückziehen und einander schlüpfrige Geschichten erzählen konnten. Aber sobald das Sterben vorbei war, erwischte es nachträglich die Reichen genau in dem Punkt, wo es ihnen am meisten wehtat: beim Reichtum. Die Zeugnisse der Zeit sagen, daß die Ärmsten, die Tagelöhner, plötzlich ein Vielfaches von dem verdienten, was man ihnen vor der Pest gezahlt hatte, und gleichzeitig setzten die bewegten Klagen der Reichen über die plötzliche Dreistigkeit des Personals ein.

Da war etwas geschehen, was das Preislied Mariens, das Magnificat, im Evangelium beschreibt: »Die Mächtigen stürzt Er vom Thron, und Er erhöht die Niedrigen.« Dienende, denen ohne die neue Lage der Knappheit an Menschen nie ein Blick ins Licht gegönnt gewesen wäre, konnten sich eines neuen Selbstbewußtseins und einer bescheidenen Wohlfahrt erfreuen, wenigstens auf einige Zeit.

Noch heller wird der Blick durchs Teleskop, wenn er sich vom Menschen ab- und der europäischen Landschaft zuwendet. Im 14. Jahrhundert war sie schon reichlich geschunden, Dörfer, Städte und Felder lagen auf gerodetem und damit seiner ursprünglichen optimalen Fruchtbarkeit entfremdeten Boden. (Als die ersten *Homines sapientes* nach Europa kamen, wandten sie die Kultur an, die sie in semiariden Steppen gelernt hatten – nie lernten sie, was hier nötig gewesen wäre – nämlich den »Wald zu essen«.) Der Ertrag war im Grunde immer ärmlich, die Ernährung immer erbärmlich gewesen, oszillierend über und unter die Hungermarke. Jetzt, im geleerten Land, brauchte man nur mehr die besseren Böden anzubauen, Wald und Moor und Heide war eine Erholungspause gegönnt. Hätten die Europäer damals die Einsicht und die Weisheit aufgebracht, aus diesen Zeichen zu lernen und das Gelernte anzuwenden – vielleicht wäre uns die finstere Jahrtausendbotschaft erspart geblieben ...

Ganz anders, sozusagen spiegelverkehrt, fällt der zweite Blick auf die große Pest Amerikas und ihre Folgen aus. Man hat vor allem in den USA viel gestritten um Segen oder Fluch der Kolumbustat, die nachdenkliche Selbstkritik der weißen Linken erzeugte dicke Bücher, in denen sehr genau den Verbrechen der Eindringlinge nachgegangen wurde.

Ihnen widersprachen zornige Konservative (daß man sie so nennt, zeigt, wie sehr die Bezeichnung verkommen ist), welche darauf hinwiesen, daß schon die Indianer selbst ständig in Raub- und Vernichtungskriege gegeneinander verwickelt waren, und daß alle großen Vermögen, also auch alle großen Zivilisationen, irgendwann und irgendwo auf Ur-Verbrechen zurückgingen – was ihre Segenswirkung auf kommende Geschlechter keineswegs in Frage stellen sollte.

So oder so, der Streit verbleibt im Vordergründigen und wird der letzten, größten Bedeutung von 1492 nicht gerecht. Es ist wahr, daß die Indianer, gerade im Jahrhundert vor Kolumbus, gewaltige Wanderungen und Raubzüge, ja Vernichtungszüge veranstalteten – so war das Aztekenreich, vor allem seine Lagunenhauptstadt Tenochtitlán, allerjüngsten Datums, und in Peru sah es nicht viel anders aus. Die Indianer waren selbstverständlich auch allen Problemen unterworfen, die auftreten, wenn die Kultur sich höher entwickelt und die Bevölkerung sich sprunghaft vermehrt. Dennoch kann gar kein Zweifel bestehen, daß ihre Art, mit ihrem Kontinent umzugehen, wesentlich schonender war als die der Weißen. Noch heute (und gerade heute) werden die Folgen des neuen Umgangs sichtbar: Wüstenbildung in Kalifornien, Arizona und anderswo; Abholzung der Wälder, und zwar nicht nur in Brasilien, sondern auch in Nordamerika; die katastrophalen Folgen des Tiefpflügens im Mittel- und Südwesten; die Verschmutzung der Großen Seen und der

Ströme, die Austrocknung der Everglades und vieles andere mehr.

Wesentlicher noch, so ist zu fürchten, ist die kulturelle Wirkung der Entdeckungen, ist das, was sie unserer Gesamtseele angetan haben. In Amerika, in Australien, in großen Kolonialgebieten Afrikas konnten uralte europäische Sehnsüchte und Begierden ausgelebt oder sogar wiederbelebt werden, die aus der Zeit der Völkerwanderung, der großen Eroberungen, der Beutezüge der Nordmänner stammen: der weite Ausgriff in den Raum, die absolute Unabhängigkeit von irgendwelchen Autoritäten oder Kontrollen, der einsame Held im Angesicht der einsamen Gefahr, der Auf- oder Ausbau gänzlich neuer, nach religiösen, gesellschaftlichen, philosophischen Hirnplänen geschneiderter Gemeinden. Das war's, was sich das europäische Herz durch die Jahrhunderte der Unterdrückung, der geistlichen und weltlichen Kontrolle, des Hungers und der engen und engeren Nachbarschaften bewahrt hatte: das Wissen vom rauhen, aber unendlich weiten Paradies, das sich etwa in den Prosageschichten der isländischen Sagas erhalten hat und im klassischen Western wiederbelebt wurde. Amerika war genau das, was der Europäer wollte – genauer und schonungsloser gesagt: was der nicht ganz erwachsene, der prahlerische und rechthaberische Europäer wollte. Das galt und gilt ebenso für den Schweinehirten aus der Estremadura wie für den See- und Präriereiter aus britischem oder schottischem Blut.

Die Neue Welt: Das war, für sie wie für immer weitere Kreise der europäischen Neuerer, von nun an die eigentliche, die »normale« Welt, die Welt ohne die Erblasten der blutigen und kläglichen Vergangenheit. Es ist sehr wichtig, daß Rousseau die Schriften eines Jesuiten kannte, der aufgrund seiner amerikanischen Erfahrungen die herkömmliche Lehre von der Erbsünde angriff: Es gebe sehr wohl Völkerschaften, sozusagen am Quell der Menschwerdung, welche ohne diese Last in natürlichem Glück zu leben verstünden. Und der »Ausgang aus der selbstverschuldeten Unmündigkeit« (Kant) wurde um vieles leichter, wenn man wußte, wie viele unbewachte und unkontrollierbare Ausgänge in die Weiten der Berge und der Pampas immer noch und immer wieder zu finden waren.

Es waren eben nach dieser zweiten, amerikanischen Pest nicht die Opfer und Verlierer, welche den Ton und das Urteil bestimmten. Es waren die Gewinner, die Kolonisatoren, denen diese Gottestat erlaubte, die Lektionen der ersten, der großen Pest des 14. Jahrhunderts zu vergessen. »Raum für alle hat die Erde«: Das sagte einer der volkstümlichsten und optimistischsten Aufklärer deutscher Zunge, Friedrich Schiller.

Etwa um die gleiche Zeit aber stellte ein französischer Aufklärer fest, die Menschheit sei dabei, einen fünften Apokalyptischen Reiter zu satteln, nämlich die Chemie.

Zu den Gottestaten, den *Acts of God*, kommen also in wachsendem Maße die Menschentaten, die *Acts of Man*. Vielmehr: In wachsendem Maß werden die alten, grimmigen Hinweise auf die Majestät der nichtmenschlichen Wirklichkeit durchmischt, ergänzt und verdrängt durch Greuel, die der Mensch durch seine Maß- und Ahnungslosigkeit selbst auslöst.

So muß es also um die *Acts of Man* gehen, die Taten des Menschen.

## V

## TATEN DES MENSCHEN

Natürlich hängen diese neuen Greuel aufs engste mit dem Kampf gegen die alten zusammen. Denn dank der Gottestat der zweiten großen Pest und dank unserer unermüdlichen Bemühungen um unser Schimpansenprogramm sind wir in den Genuß eines bislang höchst ungewöhnlichen Segens gelangt: Wir haben mindestens zwei der Apokalyptischen Reiter wirklich (oder scheinbar) verbannt.

Wir haben (jedenfalls in großen statistischen Zusammenhängen) die grausame Selektion durch die Mikroben kräftig eingeschränkt. Man sehe sich nur die Stammbäume unserer Voreltern darauf an, was damals zur Lebens/Todes-Wirklichkeit gehörte: Von den breit hingekritzelten neun oder elf Kindern starben sechs oder acht in den ersten Lebensjahren, und eine oder zwei ihrer Mütter folgten. Kindbett, Tuberkulose, Scharlach, Keuchhusten, Reisegefahren, Malaria, Schwarzwasserfieber: Es bedurfte schon einiger Anstrengung, den Namen und die Wirklichkeit der Familie in die Zukunft weiterzureichen. Heute genügen zwei Kinder, um dies sicherzustellen; und dort, wo sich die Zahl der Nachkommen noch nicht vermindert hat, in den sogenannten Schwellen-

und Entwicklungsländern, sind immer mehr Chancen gegeben, die gleiche oder eine ähnliche Sicherheit zu erreichen.

Ähnliches gilt vom Hunger. In unseren G-7-Breiten ist er keine wichtige Erscheinung mehr, wenn man von dünnen Rändern der Gesellschaft absieht. Sicher hat er noch und immer wieder riesige Regionen der Erde im Knochengriff, aber es ist ein gewaltiger Unterschied zur Vergangenheit zu erkennen: eine Solidarität der Zeitgenossen, die bis zum Zweiten Weltkrieg gar nicht herzustellen war.

Lebhaft erinnere ich mich an den Vortrag eines Jesuitenmissionars aus Indien, der in den dreißiger Jahren zu uns jungen katholischen Menschen sprach. Wir fragten ihn nach den Auswirkungen der letzten Hungersnot, von der man in den Zeitungen gelesen hatte. Ohne allzuviel Gefühlsbewegung zu zeigen, erklärte er, daß sie wohl ein Mißerfolg gewesen sei: Wegen des von den Engländern erzielten medizinisch-hygienischen Fortschritts sei die wichtigste Wirkung, nämlich die notwendige Verminderung der Bevölkerungszahl, nicht erreicht worden...

Der Krieg ist, wie wir täglich erfahren müssen, immer noch unser steter Gefährte. Aber man hat es fertiggebracht, ihn einigermaßen zu isolieren, das heißt seine enge Bundesgenossenschaft mit den beiden anderen Reitern zu sprengen. Der erste Krieg, in dem die Zahl der an der Front Gefallenen oder an schwerer Verwundung Sterbenden die Zahl der Seuchenopfer übertraf, soll der Deutsch-Französische Krieg von 1870/71 gewesen sein. Bei diesem Verhältnis ist es geblieben – trotz der trostlosen Schützengraben-Ruhr des Ersten Weltkriegs, trotz der wachsenden Greuel gegen die Zivilbevölkerung in den folgenden Kriegen (wenn man einmal von der systematischen Ausrottungspolitik Hitlers gegen die Russen absieht, die Teil eines Generalplans war). Aber sogar die Gesamtverluste des Zweiten Weltkriegs würden heute durch den weltweiten Bevölkerungszuwachs eines halben Jahres ausgeglichen.

Sicher, es ist möglich, ja es ist wahrscheinlich, daß sich unter bestimmten Umständen dies alles wieder umkehren wird. Vietnam, Kambodscha, Bosnien, die Räume der ehemaligen Sowjetunion, vor allem aber die elenden und endlosen Dauerkriege des afrikanischen Musters, sind vielleicht schon Zeichen einer Krebsseuche, deren Metastasen sich in immer mehr Weltgegenden festsetzen. Voraussetzung dafür ist der Schwund der Verständigungsfähigkeit zwischen immer mehr Streitgegnern, ihre wachsende Sprach- und Kriterienlosigkeit.

Auch die Mikroben kehren zurück. In Mutationen auf Leben und Tod haben sie sich gegen ihre hauptsächlichen Feinde, die Antibiotika, gewappnet – die Malaria, so hört man, ist als erste wieder auf dem Kriegstheater. Andere werden wohl folgen.

Und unter den anderen ist eine so geheimnisvolle und tückische Erscheinung wie der HIV-Virus, der die Immunschwäche AIDS verursacht. Er war vermutlich Gast einer Tierart (man spricht von zentralafrikanischen Kleinaffen), die allmählich ihren Lebensraum verliert. Geschmeidig, wie diese sogenannten niederen Lebensformen sind, hat er die Übersiedlung in ein anderes Wirtstier geschafft. Es gibt Stimmen wie etwa die des SF-Autors Stanisław Lem, der ihm eine wirklich entvölkernde Massenwirkung im kommenden Jahrhundert zutraut; aber ob man dieser Prognose nun glaubt oder nicht, das AIDS-Gespenst enthält eine viel umfassendere Drohung. Denn wer weiß, wie viele Viren dieser Art und Wirkkraft sich noch in den Zufluchten der Wälder, der Sümpfe und Dschungelküsten aufhalten, in Wirtstieren, deren Lebensraum in Kürze zu nichts zusammenschrumpfen kann? Und wer weiß schon, wie viele von ihnen gleichfalls den Sprung in den milliardenfach expandierenden Wirt *Homo sapiens* schaffen können?

Was wichtiger für uns alle ist: Der Mensch hat sich selbst und der Lebenssphäre des Planeten eine Anzahl neuer apokalyptischer Schreckensreiter geschaffen, und zwar gerade durch seine blinde, hartnäckige Arbeit am Überlebensprogramm.

Einer wurde genannt: die Chemie. Da dies keine Informationsschrift über Ökologie ist, braucht die gräßliche Wahrheit nicht im einzelnen belegt zu werden. Gleiches gilt für die Kernspaltung, ob sie nun friedlich oder kriegerisch angewendet wird oder werden soll. In ihrem Fall gibt es einen kostbaren und unheimlichen Beweis dafür, daß sie juristisch längst als *Act of God*, als höhere Gewalt gilt: Sie ist durch politisches Dekret ausdrücklich von der normalen Risikohaftung ausgenommen, die sie völlig unerschwinglich machen würde. Daß sie übers rein Juristische hinaus längst höhere Gewalt ist, und zwar unaufhebbare, solange man darauf besteht, sie anzuwenden, beweisen die ungelösten und wohl auch nicht lösbaren Probleme der sogenannten Entsorgung und die schauderhaften Bedingungen des Uranabbaus, die fast überall Genozidcharakter tragen. Und wir erdulden das mit der Ergebenheit, die man einst Vulkanausbrüchen oder der großen Pest entgegenbrachte.

Gnädig verhüllt sind noch die Zukünfte, die uns die elektronische Informationsschwemme einschließlich des Fernsehens bescheren wird, und die wuchernden Folgen der Gentechnik. Zu beiden gibt es bereits höchst kritische Untersuchungen und Denkansätze, die wir vorläufig noch nicht ernstnehmen – getreu unserem Erbe der Begriffsstutzigkeit und unserem längst verweltlichten Gottvertrauen. Dennoch, die Frage ist erlaubt: Hat sich je in der Geschichte unserer Art ein Höhlenbewohner oder Steppennomade unter soviel gespenstische Ängste geduckt, wie sie uns heute im Nacken sitzen – Tag und Nacht? Hinter der apokalyptischen Viererbande der Offenbarung ist jedenfalls im Dunkel unseres gemeinschaftlichen Daseins eine neue Horde aufgetaucht, deren Zahl und Bewaffnung noch gar nicht ab- und einzusehen ist.
Um so notwendiger ist es aber, daß wir den neuen

Kommandanten dieser Horde fest ins Auge fassen. Der Tod, das war der alte Gebieter über Hunger, Pest und Krieg – aber der neue ist, auf eine grausig-groteske Weise, sein gerades Gegenteil, gewissermaßen der Tod des Todes, das Schwinden seines Gewichts und seiner Macht in der Waagschale des ständigen Leben/Tod-Gerichts über uns Menschen.

Dies, so wird es mehr und mehr offenbar, ist der Kern der Gattungsfrage. Es wurde im Zuge der menschlichen Geschichte (und Vorgeschichte) unvermeidbar, daß wir die Vier nicht mehr als Gottestaten im frommen alten Sinn anerkennen würden; daß wir alles versuchen würden, sie im Verfolg unseres Schimpansenprogramms zurückzudrängen, wenn nicht schon auszuschalten; so weit zurückzudrängen, daß ihr jahrtausendealter lebensmindernder Einfluß nicht mehr ständig als Geißel und Angsttraum fühlbar ist.

Was sich dabei aber zwingend ergab und ergibt, ist die Verlagerung des Todes in die Räume des Lebens außerhalb unserer Art. Für diese Räume (und sie schließen alles Leben ein, das nicht menschlich oder zumindest menschendienlich ist) sind wir, wir Menschen, die Apokalyptischen Reiter, die großen Schlächter geworden, die Vorreiter der lebensleeren Wüste.

Damit haben wir einen höchst fragwürdigen Schritt getan. Wir haben unsere eigene Sicherheit oder doch die Vermehrung dieser Sicherheit durch das Vortreiben der Wüsten erkauft, durch eine Anwendung unserer Künste und unseres Wissens, welche das letzte große Wissen, die letzte große Kunst außer acht lassen muß: die Kunst, mit GAIA, mit dem Lebensganzen der Erde, in nachhaltiger Verträglichkeit zu leben. Wir haben dadurch bereits eine Anzahl neuer Apokalyptischer Reiter auf uns gezogen, die man nicht mehr *Acts of God*, Gottestaten, sondern *Acts of Man*, Menschentaten, nennen muß; oder doch nennen müßte, wenn sie nicht Bastarde wären – Fabelmonstren, von pfiffiger menschlicher Ahnungslosigkeit im großen unergründlichen Wirkschoß der Natur gezeugt.

Vor allem aber: Das Haupt- und Innenwesen der alten Gottestaten war der Tod als Wirkkraft nachhaltigen Lebens; das Wesen der neuen Apokalyptik, jedenfalls ihr wesentliches Gerichtetsein, ist die scheinbare Überwindung des Todes, eine Überwindung, die ihrerseits zum tödlichen Sieg wird, zum möglicherweise letzten und endgültigen Sieg über eine für uns bewohnbare Zukunft.

Das ist die Botschaft des Jahrtausends, die sich erst in seiner zweiten Hälfte entfaltete, und die erst in diesem, dem 20. Jahrhundert, als bestimmende Kraft und bestimmende Lähmung in uns alle eindrang.

Sprechen wir also über dieses Jahrhundert, seine Triumphe, seine Wirrnisse. Wenn der Gang der Gedanken bis hierher folgerichtig war, wird er sich an den Zeugnissen der Zeitgeschichte und der Gegenwart erhärten lassen.

# VI

# DAS XX. JAHRHUNDERT – EIN DEUTUNGSVERSUCH

Es war ein wirres Jahrhundert, dieses zwanzigste.

Viele Betrachter meinen, daß es, vor allem im Gegensatz zum neunzehnten, sehr kurz war. Das neunzehnte lief, so meinen sie, von 1789 bis 1914 – vom Beginn der Französischen Revolution bis zum Ausbruch des Ersten Weltkriegs. Und folgerichtig datieren sie das unsere von 1914 bis 1989 – bis zum unerwarteten, aber logischen Zusammenbruch des sogenannten Realsozialismus. Stellt man jedoch nicht nur eine Kalenderbeziehung, sondern einen inneren Zusammenhang mit den zum Jubiläum neu gehißten Bannern der Freiheit her, dann wäre dieses zwanzigste wirklich nur als eine Epoche von dunklen Seitenwegen, von verschlungenen Stollen der neuzeitlichen Freiheitsgeschichte zu sehen, deren unaufhaltsames Gefälle die letzten großen Gefahren für eben diese Freiheit gebannt hat – neben dem Realsozialismus auch die faulste Frucht des neunzehnten, den Kolonialismus. Das ist schließlich, grob gesprochen, die These jenes Francis Fukuyama aus Washington, D.C., die unter dem Titel *Das Ende der Geschichte* bekannt wurde.

Nun ist Fukuyamas These nicht so töricht, wie sie vielleicht heute, nach und während Dutzenden von wüsten Schlächtereien auf dem ganzen Globus, klingen muß. Er bezog sich, wie er erläuterte, auf eine bestimmte Art von Geschichte, ein Schema, das Hegel zum Vater habe; sozusagen das Schema des ordentlichen Dreischritts, wobei das Ende der letzten großen dialektischen Herausforderung eben auch die Mündung dieser Geschichte in die letzte große Synthese sei.

Zugegeben, so klingt das schon weniger kurios. Dennoch, Fukuyama wurde und wird heftig widersprochen, und zwar zu Recht. Es gibt ganz andere mögliche Deutungen des Jahrhunderts. Für Denker aus den ehemaligen Ostblockstaaten etwa, vor allem für Mitteleuropäer, ist seine grundlegende Wirklichkeit die des Totalitarismus; sie nennen es das Jahrhundert der Lager, das Jahrhundert des (gescheiterten) Versuchs, die Menschen einem reinen, einem pseudokünstlerischen Modell zu unterwerfen. (Nicht umsonst wuchs in den letzten Jahren das Interesse an den fatalen musischen Neigungen Hitlers.)

Aber hält man sich bei solchen Deutungen nicht bei Unwesentlichem, jedenfalls Zweitrangigem auf? Wäre es nicht unverzeihlich, zuerst und vor allem das Jahrhundert der größten technisch-naturwissenschaftlichen Triumphe der bisherigen Geschichte zu würdigen? Beginnt es nicht exakt aufs Datum 1900 mit der Quantentheorie von Max Planck, folgt nicht schon 1905 die erste revolutionäre Veröffentlichung

Einsteins? Für das so bestimmte Jahrhundert sind dann die Mondlandung und (vielleicht) die Kernfusion ein logischer Abschluß.

Oder wäre es nicht auch zu kennzeichnen (nebenbei zu kennzeichnen, wenn man will) als das Jahrhundert der Intellektuellen – einer die Moderne wenn nicht bestimmenden, so doch artikulierenden Klasse, sozusagen einer verweltlichten Klasse der *clerici*, welche zwischen dem bürgerlichen Gemeinwesen und dem notwendigen Guten vermitteln? Dann wäre der Anfang dieses, des Intellektuellen-Jahrhunderts ganz genau festzulegen auf den Oktober 1898, als in der Zeitschrift Clemenceaus in Paris ein *Manifest der Intellektuellen* erschien; und zwar im Zusammenhang mit dem Dreyfus-Prozeß, wo es um die Wahrheit für einen Unschuldigen gegen konservativ-klerikale Staatsräson ging. Das Ende des Intellektuellen-Jahrhunderts wäre dann ebenfalls 1989, das Jahr, in dem nicht nur der Realsozialismus zerbröckelte, sondern auch alle die Begriffsgerüste, in denen Schwärme von Intellektuellen die verschiedensten Auf- und Abschwünge geübt und einer staunenden Geisteswelt vorgeführt hatten.

Ein wirres Jahrhundert, so oder so. Als es begann, bestand wenigstens in einem Punkt allgemeine Übereinstimmung: Es würde ein Jahrhundert des FORTSCHRITTS werden – das auf jeden Fall. Produktion und Produktivität, Beweglichkeit, Hygiene, Befreiung von alten Schnörkeln und Schnürwerk – ob es sich dabei um die Schmucklosigkeit von Fassaden, die

Schattenlosigkeit der Malerei, die Korsettlosigkeit der Damen handelte: Fortschritt auf jeden Fall und in jeder Form und Formlosigkeit. Und das schritt weiter fort, beschleunigte und industrialisierte sich in die Zwischenkriegszeit hinein und darüber hinaus: Tango, Tinnef und Tempo.

Wenn man schon von Fortschritt redet, ist es vielleicht nützlich, eine selten für wichtig gehaltene Eigenheit des Jahrhunderts wenigstens zu erwähnen: das allmähliche und allmählich schneller werdende Verschwinden Gottes. Das ist heute ein Gemeinplatz, und es begann natürlich längst vor 1900: Den Nachruf hat Nietzsche schon verfaßt. Aber als das neue Jahrhundert begann, enthielten das öffentliche und private Leben der Mehrheit, die Weichbilder der Städte, die Redeweisen des Rechts und der Erziehung noch zahlreiche Zeugnisse Seines Vorhandenseins; und der Totalitarismus von Links und Rechts haben Sein Schwinden bestimmt nicht beschleunigt, sondern eher hinausgezögert. Jetzt, zum Schluß des letzten Jahrzehnts, geht's schon ganz prächtig ohne Ihn. Oder etwa nicht? Wer kann eine einzige wesentliche Entscheidung der Politik, der Wirtschaft, der privaten Karrieren, der Wahl des Lebensstils oder der Lebensgefährten nennen, die anders ausfiele, wenn man die Hypothese Gott hinzuzöge?

Aber lassen wir Ihn (vorläufig) in Seiner Abwesenheit. Kehren wir zu dem Versuch zurück, den besonderen Charakter des Jahrhunderts zu durchdringen, wenn möglich ohne voreilige Deutungsversuche.

Kein Zweifel: Mit dem neuen Jahrhundert ändert sich der Ton der Predigten und Streitgespräche. Er wird schriller, wenn auch nicht wirklich kraftvoller. Der Sozialismus entließ zunehmend radikalere und unversöhnlichere Gruppen aus sich selbst, und sie wandten sich eilig gegeneinander mit entblößten Eckzähnen. Die Zivilisationskritik insgesamt sah tiefer und schärfer – aber wurde auch verbohrter und rechthaberischer. Alles schien auf letzte Gefechte zuzutreiben: Die westliche Demokratie stand gegen die mitteleuropäischen Kaiserreiche, der Sozialismus sowieso gegen den Kapitalismus, die Sozialdemokratie gegen Spartakus und Bolschewiki – und schon stieg aus den Theorien von Sorel, aus der gröberen Sorte von Vitalphilosophie, aber auch aus der erbitterten Zivilisationsverwerfung von Leuten wie Ludwig Klages eine neue mögliche Abart der Revolution, ein neuer Drang zur Tat schlechthin ans Licht. Er zeugte sowohl die Jugendbewegung wie neue Richtungen der Kunst, aber auch neue Formen der gewaltfreudigen politischen Aktion rechts wie links; Braun-, Rot- und Schwarzhemden, Schalmeien, Fanfaren und Banner, schlechte, aber trotzige Marschlieder, Streikkader, Sturmabteilungen und Squadristen.

Und damit nähern wir uns schon dem streitergiebigsten Gegenstand des Jahrhunderts, dem Gegenstand, dessentwegen sich die Zeitgeschichtler seit Jahrzehnten in den Haaren liegen – es sind die zwölf Machtjahre des Adolf Hitler und, als ihr finsterster und fauligster Kern, Auschwitz.

Fast jeder bezeichnet es als ein Zentralereignis der Epoche. Gewiß, Mussolinis Schläger und die Eisernen Garden der Rumänen und die Halsabschneider Francos und (natürlich) der GULAG-Kontinent können es, was spontane oder geplante Brutalität betrifft, mit Hitlers Braunhemden durchaus aufnehmen; aber, und da sind sich fast alle (bis auf ein paar Dunkelmänner) einig, die Vernichtungslager waren ein Quantensprung in eine neue Qualität der Todesmaschinerie – der Tod wurde wahrhaftig, wie Celan dichtete, »ein Meister aus Deutschland«. Doch keiner bringt es fertig, diese neue Qualität der technisch hochorganisierten Massentötung in den bisher allgemein angenommenen Gang der Geschichte einigermaßen befriedigend einzuordnen.

Gut, die Marxisten, vor allem die 68er-Marxisten, haben es versucht und waren mit sich selbst zufrieden, den Faschismus und damit auch den Hitler-Faschismus als Sonderform des Kapitalismus, sozusagen seine Notstandsform, festzunageln – aber das bringt bei auch nur weniger flüchtigem Hinschauen wenig neue Einsicht, bringt uns dem zentralen Geheimnis der Gaskammern kaum näher.

Sehen wir also genauer hin, worum es bei diesem Dilemma geht: Da hat sich mindestens seit 1492 oder doch seit der Reformation eine befreiende Strömung zur Mündigkeit in unserer Geschichte gebildet, die aus der Freiheit des Christenmenschen (Luthers Errungenschaft) in ziemlich kurzer Zeit zum großen Programm der Aufklärung führt: zu Kants »Muth, sich des eigenen Verstandes zu bedienen«. Auch die Wirbel der Konflikte, die sich innerhalb dieser Strömung bilden, treiben letzten Endes den Prozeß nur vorwärts, können ihn nur vorwärts treiben. Das Bürgertum und sein Freisinn bringen die Forderung und schließlich die Wirklichkeit der Verfassungen hervor, und diese wiederum kann es dem Gegner des Freisinns, dem Sozialismus, nicht verwehren, auf dem Rücken des Wahlrechts, also der Verfassungen, in die volle parlamentarische und gesellschaftliche Mitbestimmung einzureiten – und so fort, in offene, aber glorreiche Zukünfte hinaus und hinauf.

Und da stößt die Barbarei hernieder, ein Meteor aus dem geschichtslosen Himmel, schlägt zwölf Jahre lang zwischen Atlantik und Wolga alles kurz und klein, verbrennt Menschen und Zivilisationen, vernichtet die jüdische Kultur Zentral- und Osteuropas und verglüht restlos – scheinbar so grundlos, wie er aufgetaucht ist. Was stimmt nicht an unseren Kategorien, unseren Einteilungen, daß sie uns nicht zu einer schlüssigen Erklärung verhelfen können?

Sie stimmen in diesem Fall tatsächlich nicht oder nicht mehr. Um an eine ganz andere mögliche Wahrheit darüber heranzukommen, schlage ich vor, eine Hypothese, einen Hilfsgedanken einzuführen. Das setzt voraus, daß wir einen zweiten Blick auf das Wesen der alten und der neuen Konflikte richten, von denen wir sprachen.

Sie stammten alle noch aus dem 19. Jahrhundert; und

gegen sein Ende zu waren sie alle oder doch fast alle in einem letzten Endes aufklärerischen Grundkonsens gelandet: dem Grundkonsens eben des Fortschritts. Worum es ging, worum sich die jeweiligen Gegner stritten, war dann nur noch die Frage, wer diesen Fortschritt befördere oder behindere – mehr befördere, weniger behindere, weniger oder mehr; wobei die Parteilichkeit und die entsprechenden Kampfparolen prächtig gediehen.

Aber im 19. Jahrhundert begann auch schon das Werk der Termiten, die diesen Grundkonsens unterwühlten. Sie waren einzelne; sie kannten sich kaum; konnten selten etwas miteinander anfangen: die darwinistischen Naturwissenschaftler etwa und die mächtiger werdenden technischen Spezialisten; die Eugeniker und die Kritiker der technischen Zivilisation; die Naturschützer und die altmodischen Konservativen, welche die hehren Kronen in den Schatzkammern und die bittersüße Schönheit der alten abendländischen Welt nicht vergessen konnten oder wollten. Die wenigsten dieser neuen Radikalen (auch Nietzsche nicht) waren ganz konsequent, begriffen genau, welchen Prozeß sie da einleiteten.

Und vermutlich waren die sogenannten Vordenker gar nicht die Gefährlichsten. Wahrscheinlich waren die biederen und (der eigenen Überzeugung nach) fortschrittlichen Naturwissenschaftler am gefährlichsten, die selten an mehr dachten als an ein besonders empörend wirkendes altes oder neues Menschheitsübel – und den Auftrag ihrer Wissenschaft, diesem

Übel mit einer neu entwickelten, und das heißt doch wohl fortschrittlichen Methode zu Leibe zu rücken. Ein bayerischer Agrarwissenschaftler, der über die Erschöpfung der Böden schrieb, fiel schon dem alten Marx auf, der ihn prompt in einem Brief an Engels zum Ehrenmarxisten ernannte. Vererbungsforscher, die meisten davon nicht in Deutschland, sondern in England und Amerika, verkündeten die Notwendigkeit, mittels einer planvollen Fortpflanzungspolitik die (jeweils anders verstandene und umgrenzte) Rasse zu verbessern – wobei man davon ausging, daß die Minderwertigkeit der Schwarzen und oft genug auch der Juden keines gesonderten Beweises bedürfe. Die neue Wissenschaft der Geopolitik (meist nur als Ideologie betrieben) förderte sowohl westliche wie mittel- und osteuropäische Arten des Imperialismus. Insgesamt herrschte unter der organischen, das heißt der für Staat und Gesellschaft denkenden und dafür bezahlten, Intelligenz mehrheitlich: unverhüllte Verachtung der Demokratie, fragloser Respekt für Fachleute, ehrliche Angst um die Zukunft der herrschenden Rassen, vor allem der weißen – und die unterschwellige Überzeugung, daß ohne Machtübernahme durch die wertfreien (also letzten Endes skrupellosen) Wissenschaftseliten die Welt den Bach hinuntergehen würde.

Diese Stimmung war bis 1914 in Amerika und Europa stark vertreten; in Deutschland wurde sie seit 1918 vorherrschend, aber gefärbt von einer deutschen Sondergesinnung, deren Wurzeln bis in die Romantik hinabreichten.

Diese Sondergesinnung war (zunächst) alles andere als rationalistisch – sie hegte vielmehr ein tiefes Mißtrauen gegen rechnende Vernunft und verachtete die technische Zivilisation. Gewiß, es war ein Engländer, der zuerst den Satz aussprach: »Ich hasse die moderne Zivilisation zutiefst…«; aber England scheint auch noch seinen widerborstigsten Söhnen einen christlichen Schimmer mitzuteilen, der in Deutschland schon früh verblaßte, jedenfalls in der hiesigen Form der radikalen Zivilisationskritik nicht mehr vorzufinden war. Seinen Platz nahm schon seit den Befreiungskriegen 1812–1815 ein Kunststoffheidentum germanischer Machart ein. Solche Wotansbeschwörung war zwar zunächst meist dem geistigen und Gemütsniveau der Turnerriegen verhaftet, aber gerade deshalb breitenwirksam; und nach oben ging sie in einen gewissen Feinsinn über, der vorgab, mit dem Dichter die Sprache murmelnder Bäche und flüsternder Haine, aber nicht mehr die der gegenwärtigen Menschen oder gar des christlichen oder aufklärerischen Diskurses zu verstehen. Wer weiterging, wie etwa Ludwig Klages, verstand den zergliedernden Geist selbst als Widersacher und Zerstörer der Seele und damit der lebendigen Welt, wartete zornig auf die ewigen Wälder, die eines Tages, nach dem Aussterben des mißglückten Menschen, über den öden Steppen der Veraffung wieder zusammenrauschen würden.

Diese Strömungen rannen links und rechts, von links nach rechts und umgekehrt, entsprangen sowohl der äußersten wissenschaftlichen Kälte wie den Gemütserhitzungen der Unbedarften und vage Ahnungsvollen. Aber eines war ihnen gemeinsam: das drückende Gefühl, daß der bisherige Weg nach vorn und oben, die selbstsichere Vorausschau auf immer mehr Zivilisation und Fortschritt, zur Selbsttäuschung wurde, werden mußte. Dieses Gefühl übersprang die bisherigen Fronten, bemächtigte sich vor allem der Jugend: wirkte dumpf in bierschluckenden Korpsstudenten; rosig-wirbelnd in den Jugendbewegten; kalt und entschlossen in den jungen Gewalttätern der extremistischen politischen Lager. Aber es bedurfte eines Weltkriegs, der russischen Revolution von 1917 und der Verträge von Versailles und Trianon 1919, um all dies ins Unheil der Aktion zu wenden.

Vor allem entstand nun eine Rechte, wie man sie bisher noch nicht gekannt hatte. Sie hatte einen Führer, der in einem stilistisch sehr schlecht geschriebenen Buch namens *Mein Kampf* eine Art Programm entwickelte. In diesem Programm war, wenn man sich die Mühe machte, es zu lesen, so ziemlich alles vorbereitet, was wenige Jahre später Auschwitz, Treblinka, Bergen-Belsen, den Generalplan Ost, aber noch früher die Maßnahmen zur Massensterilisation und der Beseitigung lebensunwerten Lebens hervorbringen sollte. Und bei diesem Programm war klar, daß sich der »Faschismus« der Hitler-Abart mehr vornahm als sonst in irgendeinem anderen Land; mehr als nur den Kampf gegen Parlamentarismus und Marxismus, mehr als nur die Abschaffung des Rechtsstaats, mehr als eine kriegerische Expansion neurömischer Art. Bei Hitler ging es darum, die politische, die Sozial-, die Wirtschaftsgeschichte zu entmachten und sie abzulösen durch Naturgeschichte; durch den biologischen Kampf der Rassen, durch das, was Hitler von der Natur, der »grausamen Königin aller Weisheit« (*Mein Kampf*) gelernt zu haben glaubte.

Und mit diesem Programm, das die wenigsten ernst nahmen, kämpfte sich Hitler an die Macht.

Hier, an diesem Zeitpunkt in den späten zwanziger und frühen dreißiger Jahren, erlauben wir uns das angekündigte Gedankenexperiment: eine kleine Einfügung in die Geschichte. Wir nehmen an, daß ein international anerkannter Wissenschaftler, sagen wir ein Nobelpreisträger, ein Buch geschrieben hätte, das zu diesem Zeitpunkt die Gedanken von 1972, die Gedanken etwa des *Club of Rome*-Berichts *Grenzen des Wachstums*, vorwegnahm: das stets beschleunigte Anwachsen der Gefahren, welche insgesamt die Lebenswelten des Planeten bedrohen – und zwar durch das verderbliche Wirken der Menschheit: ihre wachsende Zahl, ihren sträflichen Umgang mit dem Leben und den Schätzen der Erde.

Ja, diese Gefahren waren damals durchaus bekannt. Man hatte noch keinen Computer, um die Denkergebnisse abzusegnen, das ist alles; aber Fachgelehrte der Lebenswissenschaften hatten schon im 19. Jahrhundert damit begonnen, alle die Warnungen zu formulieren, die heute Gemeingut geworden sind.

Setzen wir in unser Experiment also einen Mann von Einstein-Format, vielleicht einen Super-Klages ein, der damals, in den letzten Jahren der Weimarer Republik, mit den Schlußfolgerungen aus den Daten der Ökologie die Öffentlichkeit aufgewühlt hätte.

Und wie hätte diese Öffentlichkeit reagiert? Wie hätten sich die damaligen Parteiungen und Lager verhalten? Gehen wir sie der Reihe nach durch – von links nach rechts.

Der Kommunismus, insbesondere der an und von der Sowjetunion ausgerichtete Kommunismus, hätte eine solche Warnung entweder verlacht oder sie als typischen Trick der immer ratloser werdenden Bourgeoisie entlarvt. (Leuten wie Meadows ging es vierzig Jahre später nicht viel anders.) In der Sowjetunion liefen die großen Fünfjahrespläne an, die linientreuen Dichter besangen rauchende Schlote und glühende Hochöfen, kündigten Sibirien die Einschnürung in ein Stahlnetz an, und was der Dummheiten mehr waren. Die Bevölkerungsproblematik auch nur anzusprechen, galt als elender Malthusianismus, und man hielt die Fähigkeit des Menschen, mit der Welt zurechtzukommen, einen nachhaltigen »Stoffwechsel zwischen Mensch und Natur« einzurichten, für praktisch unbegrenzt – vorausgesetzt, er entledigte sich der Ketten des Kapitalismus.

Ein Schritt nach rechts: Der demokratische Sozialismus, sagen wir die damalige deutsche SPD, hätte kaum anders reagiert. Ihr ging es um den kleinen

Mann, es ging darum, sein Los zu erleichtern, altes soziales Unrecht, feudale und kapitalistische Unterdrückung zu beenden; in eine Landschaft solcher leidenschaftlich verfolgter Absichten paßte ökologische Schwarzseherei, die man höchstens als Kulturpessimismus gedeutet hätte, überhaupt nicht.

Das christliche Lager (und in ihm als parteiliche Kraft des Zentrum) war von der erdgeschichtlichen Bedrohung abgeschottet durch das meist noch völlig naive Gottvertrauen. Die Geschichte des Menschen las man ohne große Übersetzungsschwierigkeiten nach wie vor als Heilsgeschichte, sie würde von Gott, das heißt durch Christi Wiederkunft, abgeschlossen werden; es war völlig unvorstellbar, daß Er vor diesem Termin Seine Schöpfung im Stich ließ. Der Nobelpreisträger war da einfach auf dem Holzweg, das lag wohl an seinem Atheismus oder Agnostizismus.

Und der Liberalismus, der wirtschaftlich orientierte Freisinn?

Wir kennen einen erstaunlichen Text, der die damalige Denkwelt des Freisinns erleuchtet. Es ist die Rede, die der verdienstvolle Außenminister Gustav Stresemann vor dem Völkerbund in Genf gehalten hat, aus Anlaß der Aufnahme des Reichs in dieses Gremium, die er und sein französischer Kollege Briand eifrig und erfolgreich betrieben hatten.

Das Oberthema dieser Rede sind die Probleme des Friedens. Und was ist, nach Gustav Stresemann, ein

Hauptproblem – oder doch ein ganz wesentliches Teilproblem?

Es ist die Frage, was mit dem Tatendrang, der Rauflust, der Muskel- und Nervenkraft der jungen Männer der Welt geschehen soll, wenn sich der Friede erst einmal unentbehrlich gemacht hat. Das sei ein Überschußproblem, wie es die Welt noch nicht kenne und gekannt habe seit den Tagen des schnellfüßigen und wild dreinschlagenden Achilleus. Doch Stresemann hat eine Antwort: Nicht mehr gegeneinander sollen die Männer der Welt ihre Kampfkraft erproben, sondern im gemeinsamen Kampf gegen – die Natur! Ihr gilt es, die Schätze zu entreißen, die wir brauchen, um den Fortschritt der Menschheit zu fördern, ja zu beschleunigen. Sie gilt es zu zähmen, ihre Gewalten an die Kette zu legen, ihr die Gesetze abzulisten, nach denen sie lebt und denen sie folgt, damit wir sie noch besser unterwerfen können.

Soweit der deutsche Außenminister Stresemann. Wir dürfen sicher sein, er fand freudige Zustimmung im Plenum des Palastes am Genfer See. Was er aussprach, war der Schwung, die Begeisterung, mit der das Ingenieurzeitalter im 18. Jahrhundert begonnen hatte, wenn nicht schon früher, im italienischen Spätmittelalter. Seine eigentliche Sittlichkeit war das Ringen mit der Natur, und für den Liberalismus ist sie es bis heute geblieben.

Bleibt Adolf Hitler, bleiben die Nazis. Wie hätte Hitler auf ein solches Buch, auf ein solches, in die dreißiger Jahre vorweggenommenes *Grenzen des Wachstums*, reagiert?

Ich behaupte: Er hätte es nicht nur begrüßt, er hätte es in den Mittelpunkt seiner Propaganda gestellt. Hier hätte er von höchster wissenschaftlicher Stelle die Weisheit seiner grausamen Königin Natur bestätigt gefunden, sie und seine ständigen Ausfälle gegen die blinden und platten Aufklärer (einschließlich des Marxismus), die glaubten, gegen diese Weisheit handeln zu können. Und er hätte zumindest sich selbst bewiesen, daß es nur eine, und zwar seine Antwort auf die Frage gibt, die plötzlich an der Wand des Jahrhunderts geschrieben steht.

> *Das XX. Jahrhundert ist das erste, in dem die Gattungsfrage, d. h. die Frage nach den Weiterlebenschancen der Menschheit, allgemein und unüberhörbar gestellt ist.*

Vor dem Hintergrund dieses Glaubens, angesichts seiner grausamen Königin, hätte er mehr denn je die Überzeugung gehabt, hätte sie mehr denn je unters Volk geschleudert, daß die Geschichte ganz offensichtlich in die Naturgeschichte zurückgekehrt, und daß es die Aufgabe einer Herrenrasse sei, sich für ein Leben in bewohnbarer Zukunft die nötige Grundlage zu sichern: Raum (*Lebensraum* hieß das bei ihm), Rohstoffe, Energie und Mengen von Untermenschen am Fuß der Artpyramide. Eine solche Einrichtung des Lebens konnte und kann sehr dauerhaft sein; man kann die Volkszahl vor allem der Sklaven beliebig vermindern oder vermehren, falls es künftige

Entwicklungen verlangen. Zu sorgen ist lediglich dafür, daß die technische, kriegerische, intellektuelle Überlegenheit der Herrenrasse unter allen Umständen gewahrt bleibt.

Dafür hatte der zweite wichtige Teil des Programms zu sorgen: die Erbgesundheitsgesetze, mit deren Hilfe längst vor der Juden- und Zigeunervernichtung das große Aufräumen begann.

Sterilisationen und die Beseitigung lebensunwerten Lebens: Ich erinnere mich, daß sich die Empörung darüber zunächst in Grenzen hielt. Nicht nur das nationale, sondern das Weltbewußtsein war durchaus auf dergleichen vorbereitet: Sterilisationen wegen wirklicher oder vermeintlicher Erbkrankheit zum Beispiel hatte es vorher in Amerika an die dreißigtausend gegeben, und die mitteleuropäische Gesellschaft, seit der Steinzeit bäuerlich-steinern geprägt, hatte mit unnützen Fressern noch nie viel Geduld gehabt. Und dennoch: Als etwa seit Kriegsbeginn das Programm, die Heilanstalten leerzufegen, begann, meldete sich in den und um die Kirchen ein Widerstand, der nicht nur hartnäckig, sondern teilweise erfolgreich war. Das Programm wurde (zunächst) stark eingeschränkt, ja offiziell auf Eis gelegt. Aber die Teams, welche dabei wertvolle Berufserfahrung erworben hatten, wurden nach Osten verlegt, in die zukünftigen oder schon arbeitenden Vernichtungslager.

Antisemitismus, vermählt mit dogmatischer Eugenik: Hierin sieht der jüdische Zeitgeschichtler Dan Diner sicher mit Recht das absolut Neue an der Vernichtungspraxis des Nazismus. Es ist diese innige Verbindung, welche die These vom Nachahmungstäter Hitler, der nur auf die drohende Gestalt Stalins am Horizont reagiert habe, von vornherein zu Fall bringt. Gewiß, Stalin schaufelte seinerseits Millionen von Opfern in seinen Großmachtmoloch hinein – aber seine Krankheit und die Krankheit seines Programms sind etwas völlig anderes. Ihm ging es auch um Kontinuität, aber um die Nachhaltigkeit eines Zuchthauses, das die unangenehm humanistischen Seiten des Marxismus vorläufig (oder endgültig) zu vergessen hatte.

Dagegen (halten wir das fest) ruhte Hitlers Programm von Anfang an und systematisch auf biologischen Grundlagen, wie er sie verstand: Lebensraum, und zwar dauerhafter Lebensraum, für eine Herrenrasse, die erbgefestigt und genetisch überlegen andere, minderwertige Rassen beherrscht und sich von vornherein auf ein Tausendjähriges Reich, also auf erdgeschichtliche und nicht nur auf »welt«-geschichtliche Zeiträume einrichtet.

Sicher, die Nazis waren echte Technokraten, berauschten sich an Jüngerschen Stahlgewittern und dröhnenden Panzermotoren. Aber solange diese Gerätschaften das Monopol der Herrenrasse waren und blieben, konnte die Lebenswelt ihre energetische Wirkung sicher ohne Schwierigkeiten absorbieren.

Dies ist der Kern dessen, was *Generalplan Ost* hieß.

Dies ist das weite Muster, nach dem Hitlerdeutschland seine Eroberungen auslegte. Nachbarn waren zunächst nur Menschen auf Verdacht, und Rechte für Untermenschen gab es in diesem Muster überhaupt nicht. Insbesondere aber galt es, die einzigen Kulturen (in Hitlers Sprache: die einzigen Rassen) auszuschalten, welche zu diesem Plan restlos quer standen: die seit Jahrtausenden staatenlosen Juden – und die gleichfalls staatenlosen Zigeuner.

Hier liegt die zentrale Bedeutung von Auschwitz für unser Jahrhundert und für unsere Zukunft. Auf die erst nebelhaft auftauchende Gattungsfrage hat Hitler, hat der Nazismus eine Antwort vorweggenommen: technisierte Barbarei, Rücknahme der Geschichte in Naturgeschichte.

Und (fast) unbewußt hat das deutsche Volk dieser Antwort zugestimmt – nach langem Schwanken, nach dem vorläufigen Versagen der beiden großen internationalistischen Zukunftsversprechen, also des Kapitalismus und des Sozialismus. Der Kapitalismus scheiterte in den Augen von Millionen in der großen Depression von 1928/32, und der Sozialismus sagte so oder so eine lange Wüstenwanderung voraus, ehe für alle Werktätigen der Welt das Heilige Land erreichbar würde. (Nebenbei: Vergessen wir nicht das Verblassen des christlichen Heilsversprechens!)

Barbarei ist immer verlockend. Sie scheint eine Schwierigkeit spielend zu lösen: die Frage nach dem Eigenwert auch des wirtschaftlich, geistig, gesellschaftlich überflüssigsten und geducktesten Stammesgenossen – und die Zusatzfrage nach den Grenzen des Menschseins und damit der mitmenschlichen Verpflichtung. Bei vielen traditionellen Völkern und Kulturen deckt sich der Volksname mit dem Wort für *Mensch*. Nachbarn, Freunde, weiter weg Wohnende sind für dieses Bewußtsein nur Menschen auf Probe, auf Vertrag, auf Zeit. Ja, es gibt auf Neuguinea Stämme, die den Fremden nur nach einem komplizierten Geburtsritual als Bruder und damit als Mensch anerkennen können. Und die schottisch-keltischen Barden sangen an den Torffeuern der Halle:

> *Keine Macht gibt es auf Erden wie die des Clans MacDonald …*

Die Würde des bitterarmen Crofters in der Torfhütte war damit ebenso gesichert wie die des steinreichen Laird. Und der bitterarme Crofter war so oder so mehr wert als, sagen wir, der steinreiche Kaufmann der Londoner City, der das Pech hatte, kein MacDonald zu sein.

Das Hitlerprogramm hat diese Barbarei aufgerüstet, technisch wie ideologisch. Es hat zudem noch existierende Barbarei um vieles unmenschlicher gemacht – wohl für lange Zeit: die Hilfswilligen im Osten, die Letten, Ukrainer, Litauer, Kalmücken und wie sie alle heißen – von den haßgeübten Stämmen des Balkans ganz zu schweigen.

Gut, das Programm hat sich nicht durchgesetzt – vorläufig. Hitler wurde durch ein Bündnis der alten, durch den Glauben an weltweite fortschrittliche Lösungen der Menschheitsprobleme geeinten Feinde in Ost und West niedergerungen. Aber widerlegt war er dadurch nicht. Und so hat er das selbst gesehen: Noch in seinem gespenstischen Bunkertestament vom April 1945 hat er erklärt, daß das deutsche Volk einfach nicht die Kraft und den Mut aufgebracht habe, mit ihm und für ihn zu siegen; mit anderen Worten: Die Stafette im darwinistischen Rennen war weitergegeben, vermutlich an die Russen, und künftige Geschlechter würden notgedrungen auf seine, Hitlers, Ideen zurückgreifen müssen.

Wurde er nun widerlegt? Und war die ganze zweite Hälfte des Jahrhunderts nicht der Versuch, ihn zu widerlegen – der scheinbar erfolgreiche Versuch?

Wissenschaft und Technik machten ungeheure Sprünge; ja, der »Produktionsfaktor Wissenschaft« kam jetzt erst so richtig zur Herrschaft, ins Reich der Fülle für alle. Die Heilslehre dieses Reiches, die Frohbotschaft des Ökonomismus, teilte sich nach bewährtem Muster in zwei Konfessionen, die beide zusammen der Welt durch ihren unerbittlichen kalten Krieg die Überzeugung aufzuzwingen versuchten, daß der Endkampf zwischen Gut und Böse, das Armageddon, daß sogar die Drohung mit Wasserstoffbomben und letzten Endes ihre Anwendung rechtfertigte, einzig und allein im Kriegstheater dieses Konfessionskampfes ausgefochten werden könne.

In Wahrheit beschleunigte der Konflikt lediglich seine eigene Widerlegung, den Aufweis seiner Nichtigkeit. Diesseits und jenseits der Konfessionsgrenze nahm das Erscheinungsbild des Jahrhunderts spukhafte Züge an. Während die beiden Kämpfer auf Leben und Tod immer verwegenere Herkulesarbeiten unternahmen, um den endgültigen Sieg des Menschen über die alte Natur zu besiegeln; indem sie Menschen in den Orbit und auf den Mond schleuderten, Wasser mittels zertrümmerter Atome erwärmten, Ströme umleiteten, ganze Reiche durch künstliche Bewässerung versalzten und Bedürfnisse erfanden, ehe sie irgend jemand hatte, versuchten sie der jeweils anderen Seite und der Welt zu zeigen, wie weit man es selbst darin gebracht hatte, die alten Apokalyptischen Reiter in die Vergangenheit zu verweisen und den Menschen endgültig aus einem elenden Squatter auf diesem Planeten in den Hausherrn zu verwandeln, der alles, vom Keller bis zur Mansarde, im Griff hat.

Aber wie schon gesagt: Das alles beschleunigte nur die große Widerlegung. Leonardo da Vinci, ein bitterer Verächter, hat einmal die Mehrheit der Menschen als ›Füller von Abortgruben‹ bezeichnet; heute müßte er wohl seine Charakterisierung etwas ins Allgemeine erweitern: der Endzweck, die *causa finalis* des Ökonomismus, ist die Füllung von Sondermülldeponien. Und der ganze fieberhafte Betrieb kann nicht verbergen, daß wir über das alte Bierhefe- und Schimpansenprogramm noch nicht hinausgekommen sind; vermochte nicht einmal im Zwangspanzer des kalten Krieges zu verbergen, daß die Gattungsfrage, nach wie vor unbeantwortet, aus immer dunkleren Himmeln an uns gerichtet wird, und daß wir von einer menschenwürdigen Antwort himmelweit entfernt sind – ja, daß die des Adolf Hitler auf ihre Art schlüssiger war.

Es gibt in diesem trostlosen Drehbuch eine bedeutsame, wenn auch noch trostlosere Abweichung, einen Ausbruch aus der Weiterwurstelei: die Utopie des Pol Pot, den Alptraum vom urkommunistischen Kamputschea. Er ist auf seine Weise ein ebenso geschlossenes Kunstwerk der Gattungslogik wie Hitlers Rassenreich. Nur war sein Plan nicht auf Ausdehnung, sondern ganz konsequent nach innen gerichtet, auf und gegen das eigene Volk. Früh- und spätmarxistische, anarchistische, rousseauistische Gedanken flossen da in dem Pariser Studenten zusammen; aber wieder war der Sinn des Programms die eindeutige, geschichtsaufhebende Nachhaltigkeit, wie er sie verstand. Wenn erst einmal, nach dem Tod überflüssiger Millionen, niemand mehr irgend etwas zu verlieren hatte, sollte die zeitlose Sonne der bedürfnislosen Gleichheit auf alle scheinen. Die einzig verbleibende Schwierigkeit war die Beschaffung von Maschinenpistolen und Fahrrädern für die, die gleicher als die Gleichen waren.

Auch Pol Pot schien widerlegt – aber kehrt er nicht zurück? Und die Dutzende von Feuerherden, die aufreibenden Mordkriege, die unter allen möglichen Vorwänden geführt werden: Im neu aufflammenden

Haß des Balkans, in der durchaus nicht vom Stifter gewollten Unduldsamkeit des islamischen Fundamentalismus, in riesenhaften afrikanischen Massakern – zeigen sie nicht, wie sich aufs neue die Kräfte der Barbarei verdichten, die durch den sogenannten Fortschritt keineswegs gelähmt, sondern durch seine Errungenschaften noch gestärkt werden? Und ist es nicht bezeichnend, daß alle diese Kräfte, auch der Neonazismus in Deutschland, die Le-Pen-Partei in Frankreich, der neosalonfähige Faschismus in Italien, in dem Augenblick wieder aufbrachen oder doch rasch an Bedeutung gewannen, als dem Kunstkonflikt des Ökonomismus, dem kalten Krieg, einfach die heiße Luft ausging? Wir alle, einschließlich so vieler geknickter Linker, stehen jetzt wieder am Ausgangspunkt des Jahrhundertabenteuers, in den Morästen seiner Widerlegungen. Und die Jungnazis wissen in ihren dumpfen Hirnen, wo's wieder langgehen soll: Sie erschlagen Schwarze und schmeißen Behinderte aus der Straßenbahn – Fremdenhaß plus Eugenik, frisch aus dem Zeughaus der Königin aller Weisheit.

Zwei Dinge haben sich allerdings unumkehrbar verändert: der Zustand der Lebenswelt und der Zustand der Gesellschaft in unseren Ländern der sogenannten Hochzivilisation.

Was den Zustand der Lebenswelt betrifft, sind Worte unnötig. Es genügt der Blick in die Jahresberichte des Washingtoner World Watch Institute. Wer sie nicht lesen will, dem sagt auch dieser Aufsatz nichts, und für den Willigen gibt es mehr als genug Zeichen der Agonie einer aufs Blut geschundenen Natur.

Und der innere Zustand unserer Gesellschaften?

Von der Öffentlichkeit kaum beachtet, hat im Jahre 1972, im Jahr des großen prognostischen Umschwungs, eine Wiener Studiengruppe nicht wirtschaftliche oder ökologische, sondern gesellschaftliche, psychische, kulturelle Datensätze ins nächste Jahrtausend hinein verlängert. Dabei nahm sie spaßeshalber die üppigsten und rosigsten Voraussagen der Fortschrittler als gegeben an: Energie in Fülle, ständige Steigerung des Bruttosozialprodukts, der Löhne und Gehälter, der Mobilität, der individuellen Entscheidungsbreite und so fort. Die Gruppe kam zum Ergebnis, daß etwa im Jahre 2030 die freie, die kapitalistische, die G-7-Gesellschaft oder wie immer man das nennen mag, nicht mehr imstande sein werde, die einfachsten Grundfunktionen wahrzunehmen, die zum Erhalt eines politisch-gesellschaftlichen Gewebes notwendig sind.

Das wird wohl stimmen. Wer sich nicht blind stellt, der sieht, wie schwierig es allmählich wird, dienstwillige Gemüter selbst für das funktionsloseste Ehrenamt aufzutreiben; wie sich in Feuerwehren und Schriftstellerverbänden, in Parteien und Gemeinderäten die alte Lust an der Kampfabstimmung verflüchtigt hat; wie die öffentlichen Strukturen, alle aus der aufklärerisch, das heißt politisch gemeinten Verfolgung des allgemeinen Glücks geboren, mehr und mehr als treibende Walfischkadaver empfunden werden, die man nur abzuspecken braucht, ohne sich um ihre Herkunft oder auch nur um ihre Haltbarkeit zu kümmern. Man beachte die Schnapsflaschen in den unteren Schubladen der Büroschreibtische, oder auch die verschlossenen Bargeldumschläge daselbst; man beachte den Jammerzustand unserer sogenannten Familien, der sich nicht etwa aus allgemein überschäumender Wollust, sondern aus der wachsenden Unfähigkeit ergibt, irgendeine kräftige Verpflichtung länger als für die Dauer eines winzigen Lebensabschnitts festzuhalten. Und man beachte vor allem die Weltmacht der Drogenkartelle! Man kann sich vor diesem Hintergrund auf eine finstere Weise damit vergnügen, der durch wohltrainierte Kühle gebändigten Panik zu lauschen, die in Diskussionen mit Themen wie »Wo nehmen wir den erforderlichen Gemeinsinn her?« als schriller Oberton mitklingt.

Wir sagten: Hitler wurde besiegt – vorläufig. Das kann heißen (und heißt es wahrscheinlich), daß er ein Vorläufer ist.

Wir sagten: Seine zwölf Jahre, sein Euthanasie- und Auschwitz-Programm, liegen keineswegs wie ein (ausgebrannter –?) Meteor in der Mitte des Jahrhunderts. Das Jahrhundert, das XX., das Jahrhundert der großen Widerlegungen, ist vielmehr das erste, in dem unser hartnäckiges Betreiben des Bierhefe- und Schimpansen-Programms (des B & S-Programms, um es abzukürzen) so erfolgreich wurde, daß die Gattungsfrage offen und schrecklich zutage trat: die

Gattungsfrage und die ersten Versuche, sie schlüssig, wenn auch auf der Grundlage einer hypermodernen Barbarei zu beantworten. Es hat also keineswegs die Geschichte beendet. Es hat vielmehr eine ganz neue Phase der Menschheitsgeschichte eingeleitet.

Das, was den Menschen zum Menschen macht, nämlich seine Reflexionsfähigkeit, sein Zurücktreten vom rein biologischen Drang, wurde bisher in der Geschichte fast immer nur dazu benutzt, die animalische Expansionsgier der Art noch wirksamer zu entfesseln. Damit stießen wir in den letzten zweihundert Jahren an eine Grenze vor, die von keiner anderen Lebensform überschritten wurde und überschritten werden kann. Und das ist der Kern der Gattungsfrage.

Sie zwingt uns in die nächste logische Folgerung, die Folgerung, die sich seinerzeit Karl Marx aufgrund einer viel zu bornierten Untersuchung der Geschichte erlaubte: daß diese Menschheitsgeschichte entweder in absehbarer Zeit aufhört (wenn wir nicht rechtzeitig von B & S herunterkommen), oder daß sie als solche, nämlich als die Geschichte des zu sich selbst und seinen wirklichen Möglichkeiten findenden Menschen, erst wirklich beginnt, beginnen muß – als Antwort auf die Frage:

*Wirst du es fertigbringen zu überleben?*

Hitler, der liederliche Schwabinger, und Pol Pot, der fleißige Sorbonne-Student, haben auf die Frage die ersten zusammenhängenden Antworten der Moderne gegeben. Wer auf den Titel MENSCH Anspruch erhebt, wird sie voll Entsetzen zurückweisen – aber das bedeutet nicht, daß sie überholt sind.

Vielmehr ist es an der Zeit, ohne Zugeständnisse an die Barbarei, aber auch ohne Angstsperre gegen die Lebens/Todes-Tatsachen nach Antworten zu suchen, die sowohl der Wirklichkeit dieses Verhältnisses wie der Unwiderruflichkeit unserer Humangeschichte angemessen sind. Leben, Tod und Würde: Das ist das Dreieck, in dem die Antworten zu finden sein müssen. Und sie müssen der Logik der Barbarei gewachsen sein, müssen eine angemessene Antwort auf ihre Herausforderung darstellen.

## ZWISCHENSTAND

Der zeitweilige Erfolg des B & S-Programms, der sich in diesem Jahrhundert aufgipfelt, ist in erster Linie dadurch bedingt, daß mit Hilfe der Artüberlegenheit des Menschen die alten Taten Gottes zurückgedrängt wurden: Pest, Hunger und Krieg, die Diener des Todes.

Gerade aus diesem Erfolg ergibt sich der unvermeidliche Zusammenbruch des Programms, der wahrscheinlich weite Bezirke des übrigen Erdenlebens mit sich reißen und trostlose Wüsten schaffen würde, ehe sich GAIA neue evolutionäre Wege sucht.

Diese Tatsachen sind mindestens seit Beginn des Jahrhunderts bekannt. Ihre Wichtigkeit übertrifft logischerweise die jeder anderen Tatsache.

Die politische und wirtschaftliche Welt zieht es vor, sie zu übersehen oder sie als »Umweltproblem« zu bagatellisieren.

Zwei Programme in diesem Jahrhundert machten eine Ausnahme: das Programm des Adolf Hitler in Europa und das des Pol Pot in Südostasien.

Ihre Stoßrichtungen waren sehr verschieden, aber

beide waren bewußt auf erdgeschichtliche, nicht nur humangeschichtliche Nachhaltigkeit angelegt.

Daß die beiden Programme niedergerungen wurden, war möglich, weil noch genügend Widerstand im zivilisierten Bewußtsein der Welt mobilisiert werden konnte.

In diesem Bewußtsein spielt jedoch das Bewußtsein von der tödlich gefährdeten Nachhaltigkeit noch keine verändernde Rolle. B & S läuft unter verschiedenen Titeln weiter, ja, es hat in der zweiten Jahrhunderthälfte erst seine volle Vernichtungskraft gefunden. Sie ergibt sich aus der steigenden Gefährlichkeit der Abfälle (im weitesten Sinne) und dem dadurch gestörten Gleichgewicht der Leben/Tod-Wirklichkeit.

Daraus wiederum ergibt sich, daß weder Hitlers noch Pol Pots Programm als endgültig widerlegt gelten darf. Solange die Zivilisation keine Antwort findet, die sowohl mit der biosphärischen Nachhaltigkeit wie mit der Sonderentwicklung der Menschheit, also ihren vermehrten und sich vermehrenden Wahlmöglichkeiten, vereinbar ist, bleibt die Option für diese und ähnliche Barbareien offen.

Wird eine solche Antwort nicht gefunden, werden sie wiederkehren – natürlich nicht in der völlig gleichen Gestalt. Aber etwa die gegenwärtige Mord- und Brandpraxis der deutschen Neonazis (jung und alt) knüpft unmittelbar an sie an; und eine Reihe von

Metzeleien, die sich nah und fern ereignen, sind höchstwahrscheinlich schon mitbedingt durch das Fehlen einer wirksamen, schlüssigen und der menschlichen Würde entsprechenden Antwort.

# LESEFRÜCHTE
**zum Verständnis des Gelesenen und des Kommenden**

## GOTTES GUTSEIN

Gottes Gutsein kann nicht in einer einzigen Kreatur genugsam dargestellt werden; und so brachte er viele und vielfältige Geschöpfe hervor – so daß das, was in einem davon nicht an Gottes Gutsein aufscheine, von einem anderen ergänzt werde. Das Gute, das in Gott einfach und einförmig ist, ist vielfältig und aufgeteilt in den Geschöpfen; und so nimmt das ganze Universum um so vollkommener an Gottes Gutsein teil und widerspiegelt es besser, als irgendeine einzelne Kreatur dies vermöchte.

*(Thomas von Aquin)*

## ÜBER DEN FALKEN

### Gott und Sein Falke

Wo warst du, als Ich die Erde gründete? Weißt du, wer ihr das Maß gesetzt und über sie die Richtschnur gezogen hat? Worauf sind ihre Pfeiler gegründet, und wer hat ihren Eckstein gelegt, als Mich die Morgensterne miteinander lobten und jauchzten alle Gottessöhne? …
Fliegt der Falke empor dank deiner Einsicht und breitet seine Flügel aus dem Süden zu? Fliegt der Adler auf deinen Befehl so hoch und baut sein Nest in der Höhe? Auf Felsen wohnt er und nächtigt auf Zacken der Felsen und steilen Klippen.

Von dort schaut er aus nach Beute, und seine Augen sehen sie von ferne. Seine Jungen gieren nach Blut, und wo Erschlagene liegen, da ist er.

*(Buch Hiob)*

## Falke und Maus

Die Maus ist eine nüchterne Person, die weiß, daß das Gras zu dem Zwecke wächst, daß Mäuse es in unterirdischen Mieten stapeln können, und daß Schnee fällt, damit Mäuse Tunnels von Miete zu Miete bauen können. Angebot, Nachfrage und Transport: alles sauber organisiert. Für die Maus bedeutet Schnee die Freiheit von Furcht und Not.

Ein langbeiniger Falke kommt über die Wiese gesegelt. Nun stoppt er wie ein Eisvogel, stürzt wie eine gefiederte Bombe ins Marschland. Er steigt nicht wieder auf, und so bin ich sicher, daß er eine nervöse Ingenieurmaus gefangen hat und auffrißt, welche die Nacht nicht abwarten konnte, um die Schäden zu inspizieren, die das Tauwetter ihrer wohlgeordneten Welt angetan hat

Den Langbeinigen kümmert es nicht, warum Gras wächst, aber er weiß genau, daß der Schnee taut, damit Falken wieder Mäuse fangen können. Er kam aus der Arktis in der Hoffnung auf Tauwetter, denn für ihn bedeutet das Tauen die Freiheit von Furcht und Not.

*(Aldo Leopold, Biologe)*

## Falke und Mönch

Dann versuchte ich zu beten. Aber der Falke fraß gerade den Vogel. Und ich dachte an diesen Flug, wie er einer Gewehrkugel gleich aus dem Himmel hinter mir und über mein Dach herabgestoßen war, an das sichere Zielen, mit dem er den

Vogel schlug, als habe er ihn aus meilenweiter Ferne ausgewählt. Einen Augenblick lang beneidete ich die Barone des Mittelalters, die ihre Falken hatten; dachte an die Araber auf ihren schnellen Rossen, am Rand der Wüste auf Falkenjagd, und ich verstand auch die schreckliche Tatsache, daß es Männer gibt, die den Krieg lieben. Aber schließlich begriff ich, daß Heilige und Kontemplative den Falken studieren müssen – weil er sein Handwerk beherrscht. Ich wünschte mir, das meine genausogut zu beherrschen.

*(Thomas Merton, Karthäusermönch und Dichter)*

## CONDITIO HUMANA

### Junge Unkrautart

Homo sapiens sapiens ist eine sehr junge Unkrautart, die rasch wächst und ihre Umgebung stark modifiziert. Diese Phase des Aufblühens ist nicht neu, wir kennen sie von den Dinosauriern… Wenn die Bedingungen günstig sind, wächst die Bevölkerung schnell, und kurz vor dem Abkippen stehen die Dinge zum besten… eine sehr übliche biologische Strategie, auf Petrischalen sehen wir sie jeden Tag … Nur unsere unglaubliche Egozentrik (die wir nicht abstellen können) hindert uns daran zu sehen, wie gewöhnlich das alles ist.

*(Lynn Margulis, Mikrobiologin)*

### Mozart über dem Schlachthof

Es ist unmöglich, Tieren die universalen und unverletzlichen Rechte zuzugestehen, jedes Tier kantianisch als Zweck statt als Mittel zu betrachten; eine solidarische Brüderlichkeit kann die ganze Menschheit umfassen, aber darauf beschränkt sie sich auch. Diese Unmöglichkeit bewirkt eine unvermeidliche

Trennung zwischen der Welt des Menschen und der Natur und zwingt die Kultur, die gegen das menschliche Leben ankämpft, ihre Gebäude auf dem Leiden der Tiere zu errichten…

Auch wenn die Trompete aus *Fidelio* ertönen sollte, müßte sich die befreite Menschheit in der höchsten Etage des Wolkenkratzers, in der sie sich eingerichtet hätte, all jener Erniedrigten und Beleidigten in den unteren Stockwerken erinnern, die, wie Horckheimer schreibt, die oberen tragen. Im tiefsten Keller, am Fundament des ganzen Gebäudes, in dem oben ein Konzert von Mozart gegeben wird, befindet sich die leidende Kreatur, fließt des Blut des Schlachthofes.

*(Claudio Magris, Kulturkritiker)*

## Ökologie – mehr oder weniger tief

Wie es heißt im ersten Buch Genesis: Die Ozeane sollen erfüllt sein von den Geschöpfen des Meeres.

Die Menschen haben kein Recht, diesen vielfältigen Reichtum zu mindern, außer um Lebensbedürfnisse zu befriedigen. Den Begriff ›Lebensbedürfnis‹ können wir verschieden interpretieren, und wir sollten dabei nicht zu rigoros sein. Wenn wir Bedürfnisse von reinen Wünschen und unverantwortlichen Süchten unterscheiden, dann sollten die Lebensbedürfnisse für ein Leben genügen, das einfach in den Mitteln, reich in seinen Zielen ist. Beim Anblick der Dritten Welt müssen wir zwischen humanitärer und ökologischer Politik unterscheiden. Wenn es darum geht, den Hungrigen und verzweifelt Armen zu helfen, so ist es unsere Pflicht, etwas für sie zu tun, auch wenn das todernste ökologische Anliegen wie Entwaldung und Erosion beeinträchtigt. Und es ist ganz klar, daß wir mehr Verantwortung für unsere Mitmenschen als für Löwen tragen.

*(Arne Naess, Ökophilosoph)*

## Zwischenschichtinsekten

Die meisten Klasseninteressen konzentrieren sich auf den Wohlstand und die Macht der Monopole, aber es gibt ein Interesse, das sich so tief in die Eingeweide der Metropole vergraben hat, daß es sich unsichtbar für jede Kritik machte: das Interesse der Intellektuellen als der Ureinwohner der urbanen Klassen. Die Kultur der Metropole ist so speziell die ihre (ihre Schöpfung und ihre Sucht), daß sich der Drang der Metropole, zu expandieren und zu herrschen, als eine simple Forderung des gesunden Menschenverstands ausnimmt. Was immer sonst an Privilegien und Mächten es fördern mag: Das Imperium der Metropolen ist das Imperium der Intellektuellen.

*(Theodore Roszak, Ökophilosoph)*

## LACHPAUSE

Das mit der Umwelt, das bekommen wir in den Griff.

*(Kanzlerwort)*

Ein Benzinpreis von fünf Mark pro Liter ist sozial unzumutbar.

*(Umweltministerwort)*

Auch die Umwelt muß ihren Beitrag zum Industriestandort Deutschland leisten.

*(Parlamentarierwort)*

## Kapitalistisch oder sozialistisch?

Die ununterbrochene Erweiterung der Produktion (ist) eine objektive Notwendigkeit, da es unmöglich geworden ist, ohne sie das stetige Anwachsen der Konsumtion des Volkes zu gewährleisten ... Die bewußte Ausnutzung der ökonomischen Gesetze im ökonomischen System ... hat zum Ziel, kontinuierlich eine hohe Steigerung der Arbeitsproduktivität zu sichern ... Von der Steigerung der Arbeitsproduktivität hängen ab das Wachstum der Produktion und des Nationaleinkommens, das selbst wiederum Grundlage der erweiterten Produktion und der zunehmenden Möglichkeiten der Befriedigung der gesellschaftlichen und individuellen Konsumtionsbedürfnisse darstellt.

*(DDR-Handbuch der politischen Ökonomie)*

## TOD/LEBEN

### Das Dilemma

Müssen wir Unmenschen werden, um die Menschheit zu retten?

*(Hans Jonas, Philosoph)*

### Die Verständigung

Der Hüter verschließt die Türe ... und läßt in ihr Dunkel den schweren Klang des Schlosses fallen, als lasse er drinnen den Namen des Schlüssels zurück. Mißgelaunt ... setzt er sich neben mich auf einen Stein und schließt die Augen. Als ich bereits glaube, daß er in seinem Teil des Schattens eingeschlafen ist, hebt der Hüter die Hand und zeigt auf eine Motte, die irgendwo im Säulengang der Türe schwebt, aufgeflogen aus unseren Kleidern oder den persischen Teppichen des Grabmals.

»Siehst du«, wendet er sich mir uninteressiert zu, »das Insekt befindet sich hoch oben unter der weißen Mauer des Säulenumganges, und man bemerkt es nur, weil es sich bewegt. Von hier unten könnte man auf den Gedanken kommen, es sei ein Vogel hoch droben am Himmel, wenn man die Mauer als Himmel auffaßt. Die Motte begreift diese Mauer wahrscheinlich auch so, und nur wir allein wissen, daß sie unrecht hat. Sie aber weiß nicht einmal, daß wir es wissen, noch weiß sie, daß wir existieren. Und jetzt versuche, dich ihr verständlich zu machen, wenn du dazu in der Lage bist. Kannst du ihr irgend etwas sagen, gleich, was es ist, doch so, daß sie dich begreift und du sicher bist, daß sie dich vollständig begriffen hat?«

»Ich weiß nicht«, gab ich zur Antwort, »vermagst du es denn?«

»Ja«, entgegnete ruhig der Alte, klatschte die Handflächen zusammen, erschlug die Motte und zeigte sie mir, zerschmettert auf seiner Handfläche.

»Meinst du, sie hätte nicht verstanden, was ich ihr sagen wollte?«

*(Milorad Pavíc, Romancier)*

## Unschuldig plötzlich

Nur davor ängstigt der Tod.
Danach
Ist alles schön, unschuldig plötzlich,
Eine Karnevalsmaske, worin
Nach Mitternacht du Wasser schöpfst,
Um zu trinken oder den Schweiß abzuwaschen.

*(Slowakisches Gedicht)*

## Die Verständigung II

Jemand, von dessen Gewand wir uns ernähren, trägt unseren Tod in seiner Hand, als Mittel der Verständigung mit uns. Indem er uns tötet, setzt uns dieser Unbekannte von sich selbst in Kenntnis. Und wir erschauen durch unsere Tode, wie durch eine halb aufgestoßene Tür, im letzten Augenblick neue Gefilde und neue Grenzen. Diese sechste und höchste Stufe der Todesangst hält uns, die unbekannten Teilnehmer im Spiel zusammen und verbindet uns. Die Hierarchie der Tode ist in der Tat das einzige, das ein System der Berührungen unter den verschiedenen Ebenen der Wirklichkeit in einem sonst unüberschaubaren Raum ermöglicht.

*(Milorad Pavić)*

# VII

# DER NOTWENDIGE FORTSCHRITT

Die Mikrobiologin blickt auf die Menschheit. Ihr Zustand ist sofort klar: Er ist bekannt von den Petrischalen, auf denen prächtig-geile Bakterienkulturen blühen – kurz vor ihrem Absterben wegen Mangels an weiteren Ressourcen. Nur unsere phantastische Selbstbezogenheit, so meint sie, hindert uns daran, diesen Zustand (und damit auch das bevorstehende Ende) bewußt wahrzunehmen.

In der Sache hat sie wohl recht: Außer ihren Petrischalen gibt es genug weitere Beispiele aus der Erdgeschichte, die seit Beginn des Lebens vom Prinzip Ausbeutung bestimmt und gestaltet wird. Verschwundene Arten gibt es in Massen, auf eine mehr oder weniger kommt's der grausamen Königin nicht an. Daß solches Verschwinden Erschütterungen der gesamten Lebenswelt hervorruft, ist auch nichts Einmaliges: der Meteoreinschlag, der von vielen für das Verschwinden der Dinosaurier verantwortlich gemacht wird, rief sicher ebenso große, wenn nicht größere Unordnung hervor.

Das Einmalige ist vielmehr, daß wir Menschen über Todesbewußtsein und (wenn auch fehlerhaften) Vorausblick verfügen, und daß uns der Gedanke schreckt, auf ebenso gleichgültige Weise abzutreten, wie dies etwa der Pterodaktylus tat. (Die Lebensdauer dieser Art betrug ein Vielfaches von der des Menschen.) Da jedoch auch die Inkonsequenz zu unserer Erblast gehört, denken wir (wenigstens vorläufig) nicht daran, gegen dieses Schicksal auch nur die allernötigste Abwehr einzuleiten.

Ganz im Gegenteil. Wir haben uns in den letzten paar Jahrhunderten, einer erdgeschichtlich kaum bemerkbaren Zeitspanne, erlaubt, die Bedingungen für unser Aussterben beschleunigt voranzutreiben. Wir nannten und nennen diese Aktivität FORTSCHRITT – allen Ernstes.

Nun weisen Kenner der Sozial- und Erdgeschichte nach, daß solcher Fortschritt keineswegs das Monopol der Neuzeit sei. Sattsam bekannt ist Platons Klage über die Entwaldung von Attika und anderen Teilen Griechenlands, und auch die Weisheit des Dau konnte nicht verhindern, daß die Anbaufläche Chinas seit Lao Tses Zeit auf einen Bruchteil zusammengeschrumpft ist.

Der Unterschied unserer Zeit von der Antike und anderen Raum-Zeit-Theatern der Vergangenheit besteht dennoch – und es ist ein wesentlicher Unterschied. Er besteht in der Vervielfältigung und Vermehrung der Mittel, die wir anwenden, um die Welt in unserem Sinne zu verändern; und diese Vervielfältigung und Vermehrung wäre nicht möglich ohne das, was man heute ohne Erröten den ›Produktionsfaktor Wissenschaft‹ nennt. Hinter dieser Wissenschaft wiederum, hinter ihrer Methode von Versuch und Irrtum, von Hypothese und Überprüfung der Hypothese steht nach dem Abschied von jeglicher Naturreligiosität (über den noch zu reden sein wird) die hitzige Leidenschaft der erwachenden Aufklärung, die Leidenschaft zur Melioration, das heißt zur Verbesserung der Lebensbedingungen nicht nur einer Handvoll von Aristokraten oder City-Bankiers, sondern von möglichst großen Teilen der Bevölkerung.

Melioration: An dem Wort läßt sich gut ablesen, was dem Renommee des alten Fortschritts in den letzten Jahrzehnten zugestoßen ist. Im engeren Sinne war damit vor allem die Trockenlegung von Mooren und Sümpfen gemeint; die Reiseberichte der Aufklärer etwa sind voll des Lobes für den Fürsten, der diese Ausweitung der bewohnbaren oder vielmehr anbaufähigen Breiten des Vaterlands voll Tatkraft betrieb. Widerstand, so heißt es da, komme lediglich aus den dumpfen Gehirnen oder vielmehr Eingeweiden der Moosbauern, die bisher auf solchen Flächen ihr elendes Viehzeug weiden ließen – und wohl manchmal des Nachts auszogen, um Stockenten zu wildern.

Noch im Dritten Reich spielte das Pathos der Moorsoldaten (natürlich nicht der KZ-Häftlinge, sondern des braunen Arbeitsdienstes) eine große Rolle auf der Propagandabühne: Bauernland wird da dem Meer oder den Sümpfen entrissen.

Heute ist es wohl nicht nur eine Handvoll Naturschützer, sondern die Mehrheit des aufgeklärten Publikums, welche es hoch an der Zeit findet, mit derlei ökologischem Unsinn Schluß zu machen.

Der Fortschritt, so stellt sich heraus, ist mit dem Sachverstand von Geldschrankknackern betrieben worden, die über immer bessere Werkzeuge verfügen. Es geht um die Sore (hebr. = Beute), die hinter den dicken Rätseltüren der Natur lockt und die ihr entrissen werden muß. Wie jeder von Einbrüchen Betroffene weiß, ist dabei oft der im Büro- und Wohnungsumfeld angerichtete Sachschaden um ein Vielfaches größer als die Beute wert ist. Und sehr zum Schaden der Menschheit verfügen die Knacker nach wie vor über genügend politische und wirtschaftliche Machtbeziehungen, um ihr Treiben und vor allem das dahinterstehende Prinzip der Ausbeutung, das blinde B & S-Programm, mit Klauen und Zähnen zu verteidigen.

Die Leute, die heute das B & S-Programm schützen und vorantreiben, nennen sich Konservative oder Liberale, je nachdem; die Unterschiede zwischen ihnen beziehen sich auf ein paar Gipsschnörkel des Überbaus. Mit echtem Bewahren hat das nichts zu tun – mit echtem Freisinn schon eher, wenn auch der gegenwärtige Liberalismus in die Macht von Ungeheuern geraten ist, deren Blindheit und Freßlust biologisch kaum höher liegt als der Entwicklungsstand von HIV-Viren: in die Macht der großen politischen und wirtschaftlichen Interessen. Die alte Industriekritik aus dem Geist des rückwärtsgewandten Pessimismus und der Naturschwärmerei ist seit 1945 so gut wie verschwunden – und der Mittelstand, der von diesen Interessen am meisten zu fürchten hat, wollte jahrzehntelang keine Gegner als die sogenannte Linke kennen.

Die entscheidende Gegenströmung gegen den alten Fortschritt, deren Kraft und Bedeutung zunächst nur von wenigen geahnt wurde, geahnt werden konnte, entstand aus den Quellen der Wissenschaft selbst – der wirklichen, das heißt der desinteressierten Grundlagenforschung. Es sind die Lebenswissenschaften, insbesondere die Biologie im weitesten Sinne, aber auch Anthropologie, Psychologie und Kybernetik, die (oft ohne es vorauszusehen) den Fortschrittsbegriff regelrecht umgestülpt haben.

Ziemlich plötzlich wurde den am allgemeinen Denkprozeß Beteiligten (soweit sie genügend Ehrlichkeit aufbrachten) klar, daß die bisherige Bewußtlosigkeit des sogenannten Fortschritts, mit seinem Energieheißhunger, seinen Müll- und Sondermüllhalden, seiner Verwüstung halber Erdteile, von der Bewußtlosigkeit der Bierhefe nicht zu unterscheiden ist. (Lassen wir die Schimpansen einmal beiseite – vielleicht täten wir ihnen Unrecht.) Wären wir nicht so geschickt in der Anwendung unseres ›überorganischen Faktors‹ (um den saftlosen Ausdruck zu gebrauchen), könnten wir damit rechnen, daß eine oder mehrere Taten Gottes über kurz oder lang die Menschenart auf einen äußerst bescheidenen Platz in der Lebenswelt zurückwerfen würden. Doch leider ist das Problem spätestens seit Hiroshima aus dem entwicklungsgeschichtlichen Gang ausgerissen, es geht höchstwahrscheinlich um Alles oder Nichts – wenigstens oberhalb einer Welt von Gräsern und Insekten.

Dies ist das schwarze Ende des B & S-Programms. Dies ist die Clownsfratze der sinnlosen Apokalypse in den Sternbildern der Zukunft: das blutvoll-blutige Abenteuer LEBEN, einschließlich unserer geschichtlichen Heimaten von Altamira bis Washington D.C., endet in der Sinnlosigkeit.

Aber gleichzeitig damit taucht wie Aphrodite aus dem zyprischen Meeresschaum ein ganz neuer, unerträglich anziehender und unerträglich schwieriger Fortschrittsbegriff auf.

Ausdrücklich: Es handelt sich dabei nicht um Utopie im üblichen Sinn. Das Mißtrauen gegen Utopie und Utopisten ist weiß Gott nicht grundlos, die Menschheit hat im Lauf ihrer Geschichte die Knochenhand der Utopie schrecklich genug zu spüren bekommen – gerade dann, wenn sie zu wohlmeinender Hilfe ausgestreckt wurde. Schon Plato konnte von Glück reden, daß er nie die Machtmittel fand, sein Staatsbuch *Politeia* ins Konkrete zu übersetzen, von Campanellas *Sonnenstaat* ganz zu schweigen. Selbst der *Utopia* des Thomas Morus haftete, wäre sie nicht in Ironie gehüllt, die Starre geschichtsloser Perfektion an. Und was waren die großen Planverwirklichungen unseres

Jahrhunderts anderes als verleiblichte und dadurch zerfleischende Utopien?

Nein, im Gegenteil! Unser neuer Fortschritt hat zunächst nur dringliche Notstandsaufgaben zu bewältigen: Aufgaben von Ambulanz und Feuerwehr, Abwehr der Weltzerstörung und, nicht zuletzt, der schlüssigen und entschlossenen Barbarei à la Hitler und Pol Pot (auch sie als Utopien geplant und verwirklicht). Wenn man allerdings, wie etwa die kaltäugigen Wahrsager der *Frankfurter Allgemeinen*, jeden von einer übergeordneten Idee oder auch nur humaner Anteilnahme befeuerten Versuch, den gegenwärtigen Kurs auf den Abgrund etwas umzulenken, schon als Utopie anschwärzt, dann fordern es schon die guten Manieren, daß man sich im Gegenzug ohne Zögern zum Utopismus bekennt...

Aber beschreiben wir zunächst diese neue Gestalt des Fortschritts: Wodurch unterscheidet er sich von der bisherigen Praxis und (vor allem) der bisherigen Fortschrittsideologie?

Der erste Schritt dieses Fortschritts: Er erkennt entschlossen die erdgeschichtliche Herkunft des Menschen, seine Kreatürlichkeit an. Und er stellt sich immer vor Augen, daß es innerhalb dieser Kreatürlichkeit keine Auswege, keine Ablaßsysteme gibt. Aus uraltem Erbe haben wir Menschen die hartnäckige Vorstellung übernommen, daß die sogenannte Umwelt, daß die thermodynamischen Gesetze, daß die Entropie schon irgendwie zu überreden oder wenigstens zu besänftigen seien; und dazu tritt die schon erwähnte Unfähigkeit unseres Erkenntnisvermögens, Wirklichkeit außerhalb unserer sinnlichen Daten stets mit der notwendigen Schärfe wahrzunehmen. Mit dem einfältig-titanischen Menschenbild des neuzeitlichen Humanismus, das uns über Liberalismus und Marxismus hinweg und hindurch noch heute stark bestimmt, ist unter der Fahne dieses Fortschritts Schluß, endgültig. Dabei ist dieser Fortschrittsbegriff alles andere als wissenschaftsfeindlich; im Gegenteil, gerade weil er sich um ständige Einsicht in menschliche Begrenzung bemüht, weiß er, daß er ohne den Vorlauf der Wissenschaft niemals in die Lage gekommen wäre, seine Warnungen und Vorbehalte gegenüber dem technisch verstärkten und beschleunigten B & S-Programm auch nur wahrzunehmen, geschweige denn zu artikulieren.

Aus unserer Kreatürlichkeit folgt zweitens unabweisbar die Tatsache, daß nur unsere sozialen, nicht aber unsere materiellen Handlungen zurücknehmbar sind. Damit stellt er sich den Paradoxen des gegenwärtig herrschenden Verhältnisses von Lebenswelt und Geist/Seele.

Diese Paradoxe haben sich auf allerlei seltsamen Wegen in unsere Vorstellungs- und Tatenwelt eingeschlichen. In der Regel wird das Christentum für den Hauptschuldigen an der Leib- und Schöpfungsfeindlichkeit gehalten, aber das ist geschichtlich löchrig, ja ungerecht. Die starre Gegenüberstellung von Leib und Seele, wobei die Seele immer als höherwertig, ja in vielen Theorien sogar als Gefangene des Leibes, ihres Kerkers galt, ist aus östlichen Philosophien, aber auch aus dem Platonismus und der Gnosis ins Judentum (das ursprünglich keinen Leib-Seele-Dualismus kannte) und dann ins Christentum eingedrungen. Später kam die Unterscheidung des Descartes hinzu: das Ich als die eine denkende Sache, *res cogitans*, und die übrige rein stoffliche Welt als die *res extensa*, die lediglich einen bestimmten Raumanteil einnimmt. So lebt denn unsere gesamte Praxis von der völligen Unterwerfung der stofflichen, ja der nichtmenschlichen Welt unter unseren Willen, unsere Vorstellungen, unsere oft ganz nebelhaften Appetitanfälle. (Ich fürchte allerdings, daß wir, die Botschafter des neuen Fortschritts, es vorläufig nicht viel besser treiben. So erwarb ich vor einigen Jahren ein Rückticket der Lufthansa nach Edinburgh, machte mich also für den Abgasausstoß von etwa 2000 Mittelklassewagen mitverantwortlich, nur damit ich dort vor etwa vierzig Leuten, immerhin sogenannten Multiplikatoren, meine Ansichten und Schlüsse zur ökologischen Weltkrise als einer moralischen Herausforderung darlegen konnte. War das zu rechtfertigen? Wäre es zu rechtfertigen, wenn dort nicht vierzig, sondern vierhundert Multiplikatoren erschienen wären? Habe ich eine große Wende angestoßen? Habe ich den Riesentanker unserer Mordzivilisation einen Millimeter, ja nur einen *möglichen* Millimeter vom Todeskurs abgebracht? Ein moralisches Mobile von wunderlicher Zerbrechlichkeit ...)

Aber sehen wir von der eigenen Bresthaftigkeit ab.

Wenden wir unser Augenmerk den neuen Lichtern, der neuen Beleuchtung zu, in die der neue Fortschritt alles Erfahrbare setzt, es gleichzeitig in Frage stellt und auf gänzlich neue Weise bestätigt! Die Sätze, von denen wir ausgingen, gehören schon zu ihm:

*Ich bin Leben, das leben will, inmitten von Leben, das leben will und deshalb tötet und stirbt.*

*Der Mensch kann die Krone der Schöpfung bleiben – wenn er weiß, daß er sie nicht ist.*

Wir können hinzufügen:

*Bisher hat sich der Materialismus damit begnügt, die Welt zu verändern. Jetzt kommt es darauf an, sie zu erhalten. Doch um sie zu erhalten, müssen wir uns völlig verändern.*

*Das konservative Beharren ist die Trägheit eines Expreßzugs, der in eine Landschaft rast, in der es noch keine Gleise gibt.*

*Das revolutionäre Verändern ist die Notbremse, um ihn zum Stehen oder doch zur Verlangsamung zu zwingen.* (Sagte schon Walter Benjamin.)

Und schließlich:

*Wir sind völlig umfaßt von der GAIA. Ihr Raum wird unsere Grenze sein und bleiben.*
*Diese Grenze ist unendlich lang, je genauer man sie kennt. Sie wird länger und länger, je mehr wir uns ihr nähern, eine*

*Feindin der Geraden, ein kristallenes Ausblühen. Diese Unendlichkeit nach innen kann unser künftiger unendlicher Reichtum sein.*

Der letzte Vorstoß aber hieße:

*Tod ist eine Verkehrsform des Lebens.*

Wir unternehmen ihn noch nicht. Wir sparen ihn auf für eine Gesamt-Bemühung um die sogenannte Umweltethik, die man um der Klarheit willen Lebens/Todes-Ethik nennen sollte. Bevor wir uns diesen Vorstoß leisten, gibt es, beim jetzigen Stand der Gattungsfrage und der Weltgefahr, noch einmal zu prüfen, ob sich nicht die Religion der Machbarkeit, in der wir atmen und leben, zu einer letzten furchtbaren Anstrengung aufraffen könnte, dem Stand der Gefahr mit den ihr vertrauten Mitteln beizukommen. Diese Anstrengung wird durchaus erwogen; vorläufig hat sie nur einen englischen Namen: *planet management.*

## VIII

## DAS LETZTE GEFECHT DER MACHBARKEIT: PLANET MANAGEMENT

Keine Angst: Das letzte Gefecht wird vorläufig nicht geschlagen werden. Vielleicht wird es niemals stattfinden – denn es erfordert Zurüstungen, zu denen wir noch gar nicht fähig sind. Noch befindet sich der größte Teil der Welt in der Gewalt uralter und neuerer Illusionen. Noch glauben Politiker (wenigstens einige) allen Ernstes, daß sie das ›Umweltproblem‹, wie der Tarnname lautet, schon in den Griff bekommen werden. Andere kümmern sich überhaupt nicht darum, ob es eine Zukunft für sie und ihre Kinder geben wird, befassen sich dafür mit Standortfragen oder Machtbeschaffung oder Imagepflege; die Unverantwortlichen der Wirtschaft befassen sich mit Konkurrenzängsten und Profiten, und das gesamte Informationswesen, ob elektronisch oder schwarz und bunt auf weiß, bedient uns mit Nachrichten aus der Zeitgeschichte, die kaum mehr Bedeutung für die Zukunft haben als die Ergebnisse der Fußballbezirksligen.

Dazu kommt die fast unüberwindliche Starre unserer politischen und gesellschaftlichen Systeme. Die Gegenwart tut sich eine Menge zugute auf die Schnelligkeit ihrer Innovationen – aber das gilt nur für den nüchternen Bereich der Werkzeuge. Man vergleiche unsere Systeme etwa mit denen der griechischen Antike: Mit welcher Radikalität und in welch kurzer Zeit wurden damals neue Verfassungen geschmiedet, die oft gänzlich neue Verkehrsformen zwischen den Menschen, neue Maßstäbe von Arm und Reich, von Oben und Unten einführten! Und wie unbeweglich wirkt dagegen unser Verfassungs- und Wirtschaftszustand! Es ist schon kaum mehr möglich, den kleinsten Schritt zu tun, um die Verteilungsgerechtigkeit zu verbessern, ohne daß das Heulen der Bierhefelobbies zum vaterländischen Himmel steigt. Unser Steuerwesen ist ein Schrotthaufen, mindestens ebenso absurd wie das der spätrömischen Kaiser oder des *Ancien régime* vor 1789; und eine grundsätzliche Änderung ist nicht in Sicht, höchstens weitere Klauseln und Ausnahmevorschriften, die den überlasteten Finanzämtern zu schaffen machen und die Kundschaft der Steuerberater vermehren. Wenn die Autohersteller rote Zahlen schreiben, erbebt die Nation – und die heilige Kuh Zinseszins wird wohl die Armen noch endgültig auffressen, ehe sie an nichts anderem eingeht als an der Blähungsexplosion ihrer eigenen Eingeweide.

Nein, so formiert sich kein letztes Gefecht, so entsteht kein wirksamer Feldzugsplan.

Doch nehmen wir trotzdem an, daß sich unsere Zivilisation in ihrem jetzigen Zustand, mit ihrem jetzigen Welt- und Selbstbild, dazu aufrafft, der drohenden Zukunftslosigkeit die Stirn zu bieten, ein Programm gegen sie zu entwickeln, das einigermaßen erfolgversprechend und nicht vollständig barbarisch ist. Wie könnte ein solches Programm aussehen? Was wäre seine Zielrichtung?

Es ist nicht schwierig, einige seiner Hauptmerkmale herauszufinden, wenigstens auf einigen wesentlichen Gebieten. Fürs erste kann dabei wieder die Erinnerung an Adolf Hitler hilfreich sein.

Ein wesentlicher Punkt seines Programms war, wie wir sahen, die Beseitigung lebensunwerten Lebens – was immer er darunter verstand, und es war ziemlich viel. In der Praxis verschlang es viele Behinderte, vor allem Kinder. Es war ihm in der Kürze der Zeit, die zur Verfügung stand, nicht möglich, es völlig durchzuführen; vor allem aber trat ihm breiter Widerstand aus der Bevölkerung entgegen.

Man schaudert vor der Barbarei des Verfahrens; heute ist es überholt dank der immer mehr verfeinerten vorgeburtlichen Diagnosemöglichkeiten. Die Selektion, die damals noch brutal in warme menschliche Beziehungen eingriff, findet heute unter vier Augen am Schreibtisch des Gynäkologen statt, und gefällt werden muß sie von den Müttern. Wenige von ihnen dürften sich diese Entscheidung leicht machen; und über keine dürfen wir ein Urteil sprechen. Worum es hier geht: Es findet so oder so ein Verlust statt. Der Umgang mit Behinderten, gerade auch mit geistig Behinderten, ist wahrscheinlich seit Jahrtausenden ein Teil, oft ein wichtiger Teil des sozialen Bandes gewesen. In Südosteuropa hat man zwei Steinzeitskelette gefunden, deren eines die Merkmale verkrümmten Wuchses aufwies; sie lagen friedlich nebeneinander. Die mittelalterlichen Städte wimmelten von deformierten Bettlern und Armen, und in Teilen Schwarzafrikas werden schwachsinnige oder wasserköpfige Kinder als ›heilig‹ im alten magischen Wortsinn betrachtet – als Zeugen einer geheimnisvollen anderen Welt also, die uns etwas mitzuteilen haben, und sei es nur die Begrenztheit unserer eigenen Vorstellungen von normal und abweichend, von krank und gesund.

Solches Zeugnis wurde von Adolf Hitler nicht mehr gewünscht, und es wird heute von einigen Vorkämpfern der Säuglingseuthanasie auch nicht gewünscht. Das Ideal, auf das hin sortiert werden soll, wurde von einem dieser Vorkämpfer ausgesprochen: Es ist die *happy family*, die glückliche Familie. Es ist wohl korrekt, statt dessen die ›Normal-Familie‹ zu lesen; denn daß Familien mit behinderten Kindern grundsätzlich unglücklich sind, ist einfach nicht wahr. Wer etwa die fraglose Anhänglichkeit eines mongoloiden Kindes erlebt hat, fühlt sein Herz dadurch bereichert, selbst wenn es nur lauwarm ist. Die eiskalten Seelen aber, die heute wieder und immer noch alles Unbequeme ›ins Gas schicken‹ wollen (es wimmelt von ihnen in deutschen Landen), sollten durch höchstrichterliche Entscheidung daran gehindert werden, selbst eine Familie zu gründen – es würden dies aller Wahrscheinlichkeit nach Familienhöllen.

Aber warum moralisch werden? Es ist (vorläufig) nicht nötig. Für unseren Gedankengang wesentlich ist das Zeichen, das durch den Fortschritt der vorgeburtlichen Diagnose- und damit Auswahlmöglichkeiten gesetzt ist: Taten Gottes sind in die Hand der Menschen übergegangen.

Damit, meine ich, haben wir ein wichtiges Kennzeichen des *planet management* erarbeitet: Es will der Menschheit (lies: den Körperschaften der entsprechenden Fachleute) weitere und zusätzliche Kontrollen über die menschliche wie die nichtmenschliche Welt verschaffen. Es kann diesem Programm nicht genügen, die alten Taten Gottes nur abzuschalten oder auszutrocknen; es kommt vielmehr darauf an, sie zu ersetzen.

Dabei muß es Schritte der Auswahl tun, die bisher, das heißt seit ein paar Jahrmilliarden, sozusagen von der Basis her, von den Regeln des darwinischen Fitneß-Wettbewerbs, vorgenommen wurden. Und solche Auswahl (von Menschen, Ressourcen, Methoden) müßte entweder streng nach dem Zufallsprinzip erfolgen, als ein möglichst wenig von Vorurteilen beeinflußtes Würfelspiel (was in den Augen der Programmierer sicher keinen Fortschritt gegenüber der alten GAIA-Schlamperei bedeutete), oder es müßten genaue Merkmale erarbeitet und genehmigt werden, welche diese Kontrollauswahl zum bestmöglichen Instrument der Nachhaltigkeit machen würden.

Nun drohen der Nachhaltigkeit, also einer von Menschen bewohnbaren Zukunft, zwei Hauptgefahren:

- *erstens* der maßlose Energie- und Schadstoffausstoß der Metropol-Regionen,
- *zweitens* die gewaltige Vermehrung der Bevölkerung vor allem in den ärmeren Erdteilen.

Die beiden Gefahren erwachsen aus der gleichen Wurzel: Es sind zwei Methoden, dem uralten, blinden Drang nach Lebenssicherung zu genügen. Und sie ergänzen sich sozusagen spiegelbildlich: Der durchschnittliche Bewohner von Bangladesh verbraucht wohl kaum ein Sechzigstel der Primärenergie pro Kopf, die ein Westeuropäer oder gar ein US-Bürger zwecks lebenswerten Lebens zu benötigen glaubt. Andererseits blicken wir Gesättigte voll Angst und Grauen auf die Vermehrungsrate der Armen – ein Ärgernis, das wir, so scheint es, durch unsere generative Disziplin – lies: durch die niedrigen Geburtenraten, bereits abgeschafft haben.

Und so beeilen wir uns, den Armen die Segnungen und Hilfsmittel dieser Disziplin möglichst leicht zugänglich zu machen.

Dagegen ist sicher nichts oder wenig einzuwenden, wenn die Armen selber um solche Hilfe bitten. Etwa 300 Millionen Paare in jenen Ländern haben dies bereits hörbar getan – und die Zahl derer, die sich noch nicht Gehör verschaffen konnten, ist mindestens genauso groß. Sie wünschen Informationen und Mittel zur Familienplanung. Es ist nun interessant, mit wieviel Phantasie daran gearbeitet wird, sie zu vermehren und zu verfeinern. Da ist alles mögliche im Gespräch: Erforschung einer Methode, Männer nur zeitweise unfruchtbar zu machen; Eingrenzung der Gebärfähigkeit auf zwei oder zweieinhalb Lebensjahrzehnte; langfristig wirkende Verhütungsdepotspritzen – und was sonst noch in Frage kommt an Fraglichem und Fragwürdigem.

Daneben sind natürlich rassistische Gedanken- und Gefühlsbestände keineswegs ausgestorben, und sie dringen oft genug in die Praxis ein. Man weiß von Indianerfrauen, die aus irgendeinem Grund in US-Krankenhäuser eingeliefert und dort nebenbei, ohne ihr Wissen, sterilisiert wurden. Und was im chinesischen Machtbereich den Tibeterinnen zustößt, ist vom Bambusvorhang nur teilweise verhüllt. (Daß dergleichen einmal auch Eugenik hieß, haben wir erwähnt.)

Grundsätzlich gilt: Was immer man heute an Werkzeugen und Elementen eines möglichen künftigen *planet management* zurechtlegt, sie sind fast alle in erster Linie für die von uns wahrgenommenen Probleme der Dritten Welt gedacht. Unser eigener Zustand, die buchstäblich unerträgliche Lebensfeindlichkeit unseres Kulturentwurfs, wird niemals grundsätzlich in Frage gestellt, Notwendigkeit für Management wird immer nur auf dem Gebiet der Effizienz bereits vorhandener Mittel und Bräuche gesehen. Wenn es aber richtig ist, daß die Welt, wenn überhaupt, dann möglichst rasch auf die nächsten paar

Jahrhunderte vorbereitet werden muß, kann es längst nicht mehr darum gehen, mit welchen neuartigen (und sei es umweltfreundlichen) Mitteln wir uns im gegenwärtigen Komfortbett einrichten, das wir so liebgewonnen haben. Die erste Frage muß vielmehr lauten, ob dieser Kulturentwurf überhaupt und grundsätzlich von Dauer sein kann. Und das richtet sich nicht nach unseren Mehrheitswünschen und nicht nach irgendwelchen Regierungsdekreten, sondern nach den Gesetzen der Natur, insbesondere den Gesetzen der Energieerhaltung und der Entropie.

Warum ist unser Kulturentwurf nicht haltbar? Dafür gibt es mehrere Gründe.

Erstens: Unsere sogenannte generative Disziplin, das heißt unser Eineinhalb-Kinder-Regime, ist aufs engste mit einem auf persönlichen Lustgewinn getrimmten Lebensstil verknüpft, dessen Zerstörungskraft moralisch und energetisch gar nicht hoch genug angesetzt werden kann.

Zweitens: Dieses Regime ist sinnlos, solange die Kluft zwischen Reichen und Armen klafft und immer tiefer wird. So ist die Bevölkerung Deutschlands trotz der Geburtenbeschränkung, die uns längst schrumpfende Einwohnerzahlen bescheren müßte, immer noch am Steigen, weil *a*) die Industrie erst gestern das massenweise Hereinholen von Menschen aus ganz anders orientierten Kulturen begünstigte, weil sie *b*) gerade wegen der Schrumpfung der Geburtenziffern auch heute eine jährliche Einwandererquote von 400 000 verlangt, damit der Motor weiter brummt, und weil *c*) nicht das kleinste Kräutlein gegen die Hunderttausende von gescheiten und energischen Armen gewachsen ist, die beschließen, der politischen oder auch nur der wirtschaftlichen Misere in ihren Heimatländern den Rücken zu kehren und in die (zusätzlich durch die Medien aufgedonnerte und verkitschte) Glorie der reichen Länder zu entrinnen. Man kann noch soviele Störenfriede aus dem teuren, westlich gestylten Freßlokal hinausschmeißen lassen, sie werden notfalls durch die Kanalisation wieder eindringen. Und solange uns dazu nichts anderes einfällt, als die Methoden des Hinausschmisses immer unmenschlicher zu machen, haben zum Beispiel Christenmenschen das volle moralische Recht, ja sogar die Pflicht, den Verprügelten und Getretenen gegen den Polizeistaat Hilfe zu leisten – was immer staatsfromme Erzbischöfe verlauten mögen.

Drittens: Unsere Art zu wirtschaften und das Erwirtschaftete zu verteilen, ist nicht durchzuhalten, aus moralischen und (was wichtiger ist) aus ökologischen Gründen. Und so ist auch die vage Hoffnung gegenstandslos, daß die Armen zusammen mit unserer Produktions- und Verbrauchsweise auch unsere Mittelchen zur Drosselung der Geburtenziffern lernen würden, jene Mittelchen, mit denen wir uns in den letzten hundertfünfzig Jahren wenn nicht angefreundet, so doch abgefunden haben. Denn jedermann weiß, daß eine planetarische Industrialisierung des bisher einzig bekannten Typs der Atmosphäre, dem

Bodenleben, dem Leben der Ozeane einen Zustand bescheren würde, der weitere Bewohnbarkeit durch Lungen- und Kiemenatmer ausschließt. (Trotzdem bauen wir weiter auf die diesbezügliche Verführbarkeit der Armen, jauchzen vor Wonne, wenn die Chinesen zur Massenmotorisierung aufbrechen, verkaufen den malayischen Reisbauern Farbfernseher, bevor eine Stromleitung in ihr Dorf gelegt ist, helfen den armen Ukrainern beim Schließen einer maroden Atomanlage und beim Bau von drei neuen – und was des kriminellen Schwachsinns mehr ist.)

Das ist die Lage, von der etwaige Planeten-Manager auszugehen hätten. Sie haben das sicher auch längst begriffen. Was innerhalb unserer erstarrten Systeme an Verbesserungen stattfindet, ja auch nur denkbar ist, sind Flickschustereien und Ablaßkrämerei.

Dafür bieten sich genügend Beispiele an, greifen wir einige heraus.

Das erste: das Automobil. Nicht nur in seiner jetzigen Form, sondern als wesentlicher Träger des Verkehrs in einer dicht geballten Massengesellschaft ist es veraltet – wenn es denn je eine gute Idee gewesen ist. (Seine allgemeine Beliebtheit, ja seine Rolle als gesellschaftliche Droge hat damit gar nichts zu tun.) Von einer gewissen Dichte an aufwärts setzt das Auto die Rechtsordnung außer Kraft; es bewegt sich nur noch, wenn man laufend gegen Gesetze, Anordnungen und die guten Sitten verstößt; es zerstört das Recht der Nichtmotorisierten auf furchtfreie Teilnahme an der

Verkehrsgemeinschaft; es zerstört mehr städtische Substanz als es die Bomben des Zweiten Weltkriegs taten. Und das sind nur die innergesellschaftlichen Folgen seiner Existenz (jedenfalls seiner Existenz als Massenerscheinung). Viel schlimmer sind die Folgen für die Lebenswelt. Wenn man sich klarmacht, wie die Tankerflotten die Meere verschmutzen, routinemäßig verschmutzen, nicht nur bei irgendwelchen Leckagen oder Havarien; wie das Grün der Länder und die Gesundheit der Atmosphäre durch Schadstoffemissionen ruiniert werden, kommt man zwingend zum Schluß, daß mindestens die Hälfte der Schäden an der globalen Lebenswelt durch den Verbrennungsmotor verursacht wird. (Nebenbei, falls das noch irgend jemand interessiert: Er fordert Jahr für Jahr den Blutzoll eines mittleren Krieges.)

Wären von den künftigen Planeten-Managern wesentliche Angriffe auf die Autokultur zu erwarten? Wohl kaum – oder doch nur sehr schüchterne. Typisch für ihre Stärke und ihren Charakter dürfte unser deutscher Herzensfreund, der Katalysator, sein. Er ist sozusagen der Ablaßbrief schlechthin, das Zauberamulett auch, das sich der automobile Umweltsünder zur Abwendung allen Übels und vor allem jeder weiteren Belästigung durch irgendwelche Alternativspinner um den Hals hängt. Ein einziges, ja nur ein halbes Autoproblem ist mit dem Katalysator gelöst, neunundneunzig andere, teilweise viel bedenklichere bleiben – und es war wohl der Sinn seiner Einführung, diese zu verdrängen. Welchen Grund hätte sonst unser eleganter Umweltminister, einen Benzinpreis von fünf Mark pro Liter (was der Kaufkraft von einer Mark Anno 1950 entspricht) für ›sozial unzumutbar‹ zu erklären? Schließlich geht's um die Stimmen der Autofahrer, nicht um die bewohnbare Welt von morgen.

Gibt es Managementvorschläge, die darüber hinausgehen? Es gibt sie, wir kennen sie. Da ist zunächst das große elektronische Wunderwerk, ein möglichst vollständiges Leitungssystem, in das jedes einzelne Auto einzubauen wäre. Es wird als hervorragendes Mittel empfohlen, um im Stadtverkehr Knoten aufzulösen, Zeit zu gewinnen und die Zahl der Verkehrsopfer herabzusetzen. Und da ist ferner der Plan des (im übrigen sehr verdienstvollen) amerikanischen Physikers Amory Lovins, das *Ultralight*-Auto zu bauen: ein Gefährt aus Wabenkunststoff, mit dem Verbrauch von einem Liter Benzin auf hundert Kilometer. Er räumt allerdings selbst ein, daß es das Zentralproblem des Individualverkehrssystems, das *Access*-(Zugangs-)Problem, nicht nur nicht lösen, sondern vergrößern werde...

Sind dies wirkliche Auswege? Fortschritte? Es sind jedenfalls Fortschritte in die Richtung, die die globale Planung insgesamt nach den Wünschen der Experten nehmen sollte und müßte: unvermeidliche Verminderung der persönlichen Entscheidungsfreiheit, aber keine grundsätzliche Umkehr; keine Liquidierung eines Systems, an dem so viele hunderttausend Arbeitsplätze hängen. Die rationalisiert man dann lieber weg, ohne die entropieträchtige Produktionsweise als solche zu verändern. Dann lieber schon elektronische Leitsysteme: Mit ihnen wäre ein weiterer wichtiger Schritt getan in die Welt der großen Spielwerke, die den lästigen Aus- und Einblick in die reale Lebenswelt ersparen und ersetzen.

Unser nächstes Beispiel: die Energie. Jede zusätzliche Energiefreisetzung im Übermaß ist von Übel; aber wenn sie schon sein muß, wäre es vertretbar, erneuerbare oder sich selbst erneuernde Quellen zu besprechen: Sonnenenergie direkt, Wind, Wasser, nachwachsende Biomasse. Die Technik zu ihrer Anwendung ist in der Regel wenig oder überhaupt nicht furchterregend. Zwar muß wahrscheinlich, wenn ein solches System einen hohen Grad der Ausnutzung erreichen will, ein ziemlich raffiniertes Netz gewoben werden – aber seine Knoten wären zahlreich, seine Zuordnungen stockdemokratisch und würden ein hohes Maß an Selbständigkeit gewähren.

Das wäre natürlich keineswegs im Sinne der Planeten-Manager. Die hängen nach wie vor an gloriosen Zentralen – vom bescheidenen Siedereaktor über Phénix zu Super-Phénix, und wenn's irgendwie geht, zu Guter oder schlimmer Letzt am herabgeholten Helios selber – dem riesigen Fusionsreaktor. Zwar weiß man auch bei ihm noch nicht, wie man bestimmte schwierige Entsorgungsprobleme lösen könnte – aber das weiß man ja auch bei den ärmlichen Spaltungsvettern nicht und hat sie trotzdem gebaut. Sollte es aber wirklich zur Solarenergie kommen, dann gefälligst im heroischen Maßstab: riesige

Photovoltaik-Felder in der arabischen Wüste, Wasserstofftanker von mehreren hunderttausend Tonnen, wolkenkratzende Türme, die gebündelte Brennstrahlen auf Verdampfungsmaschinen schicken – oder, wiederum zünftig-kosmisch: Hektare und Quadratkilometer von Satelliten-Kollektoren, die höchstverdichtete Mikrowellenkonzentrate irgendwo auf einen terrestrischen Sammelpunkt abschießen. Das bringt Profite, wie alles, was über Verkehrsknotenpunkte läuft, und es bringt auch weithin posaunten technischen Ruhm; verkündet die Fama von den genialen Konstrukteuren. Sie, die managenden Genies, lägen damit immer noch und wieder einmal in der Mittenströmung unseres gegenwärtigen Kulturentwurfs. (Wirklich zufrieden werden sie ohnehin erst dann sein, wenn man ihnen einen brandneuen, möglichst vom Leben unverschmutzten Planeten vorwerfen wird – zu dem, was schon ganz offiziell *terraforming* heißt: zur regelrechten Schöpfungstätigkeit nach Genesis I.)

Für ein wirkliches, das heißt ein nachhaltiges Formieren unseres künftigen Lebens müßten wir eher ganz einfache Fragen aussprechen, die zu beantworten oft am schwersten fällt.

Überfällig wäre zum (dritten) Beispiel eine durchdachte Reform unserer Ernährungsgewohnheiten. So ist die Menge und die Zusammensetzung des tierischen Eiweißes, das wir glauben verzehren zu müssen, eine zentrale Schändlichkeit unseres entwickelten Daseins. Nicht nur haben wir uns gewaltig weit von den Notständen unserer Ahnen entfernt, denen vielleicht zwei- oder dreimal im Jahr eine Fleischmahlzeit vergönnt war; wir haben unseren Konsum auf ganz wenige Tierarten und ganz wenige Teile ihrer Körper konzentriert. Daraus folgert (in dichtbevölkerten und ressourcenarmen Räumen wie den unseren) Massentierhaltung mit ihren schlimmen Konsequenzen, Einfuhr riesiger Kalorienmengen zu Futterzwecken, Verweis von immer stattlicheren landwirtschaftlichen Anwesen in die Unrentabilität, Plantagenanbau von Ausfuhr-Futterpflanzen in fruchtbaren Agrarprovinzen Brasiliens, Rodung zu Weidezwecken und so fort. Dies soll, es sei betont, keine Beweisführung für ideologischen Vegetarismus sein; noch gibt es Auseinandersetzungen darüber, ob aus Gesundheitsgründen ein bestimmter (keineswegs hoher) Anteil von tierischem Eiweiß in unserer Diät beibehalten werden sollte. Aber was wir davon zu unserem Wohlbefinden benötigen, käme teilweise von Herden hochwertiger Tiere, die in anders nicht nutzbaren Hügel- und Berggebieten weiden, teilweise wäre es durchaus nützlich, eine ganz neue trophische Ebene zu erschließen: die Welt der Würmer, Mollusken und Insekten, deren Genießbarkeit durchaus bekannt ist.

Entrüstete Abwehr solcher Eiweißquellen ist ausschließlich eine Folge der kulturellen Erziehung. Daß sie auf einem Vorurteil beruht, beweist schon der erste Blick in Geschichte und Gegenwart der Ernährung in weiten Teilen Asiens und Zentralamerikas. Man verschreibe sich einmal, als gesunde sinnlich-denkerische Übung, den Blickpunkt eines Menschen, der es gewohnt ist, saubere, knackige Heuschrecken oder Käfer mit Nußgeschmack zu verzehren, und dem plötzlich Bilder von Männern mit blutigen Schürzen und langen Messern vorgeführt werden, welche rottriefende Muskelstücke aus riesigen bleichen Rinder- und Schweinekadavern schneiden! Und gibt es nicht schon Hunderttausende von europäisch-amerikanischen Hausfrauen, die sich dieser Verantwortung entzogen haben und Fleisch nur mehr in der hochentfremdeten Gestalt von geruchlosen Klarsichtpaketen erwerben wollen? Aber daß uns West-Eurasiern der Ekel des Käfer- und Heuschreckenessers fremd ist, hat höchstwahrscheinlich mit zehntausend Generationen von Opferern zu tun, mit der Tradition des *homo necans*, für den das Schlachten und Verteilen von Jagd-, später Haustieren fast immer eine sakrale oder doch dem Heiligen nahe Angelegenheit war. Ja, man weiß: Schuldgefühle waren damit verbunden; es gibt die Bitte um Vergebung, an das tote Tier gerichtet, es gibt die »Unschuldskomödie«, die ganz andere, meist magische Töter vorschützt, und dergleichen Rituelles mehr, das aus den zwielichtigen Begabungen des *homo demens*, des reichlich verrückten Menschen gespeist wird. Und all das spricht zunächst durchaus für die ehrwürdige (schon biblische) Überlieferung des Vegetarismus. Man muß sich nur fragen, ob in einem Wesen unserer Anlage, das mit Bewußtsein von Leben und Tod geschlagen ist, die Gemütslast der Fremdheit in einer wundervollen und gleichzeitig grausam-rätselhaften Welt nicht zwangsläufig entstehen mußte – selbst wenn seine Grausamkeit nur gegen Körner und Wurzeln gerichtet wäre.

Doch auch hier, im Reich der Nahrung, sind bereits Wahrscheinlichkeiten auszumachen, wie die Planeten-Manager vorgehen dürften, ja wie sie teilweise heute schon vorgehen: Das Zauberwort heißt Gen-Technologie.

Während das große Management schon seit Jahrzehnten seine chemischen (C-)Waffen gegen alles Lebendige richtet; während es damit schon Hunderte, Tausende von Arten vernichtet hat; während man mühsam darangeht, wenigstens Reste der alten Vielfalt in sogenannten Gen-Banken zu verwahren, soll nun eine neue Vielfalt entstehen; eine Vielfalt, die wiederum keine Schöpfungstat Gottes, will sagen kein Produkt der Selbstorganisation der GAIA ist, sondern das Ergebnis einer Marktforschung. Und wieder wird nach der Geldschrankknackermethode vorgegangen: Jede genetische Veränderung verfolgt einen ganz bestimmten, profitablen Zweck, peilt ein genaues Einzelziel an. Die Tomaten sollen nicht mehr faulen, oder sie sollen zu Verpackungszwecken viereckig werden, die Kuheuter sollen noch ein wenig riesiger werden, ausgewählten Bakterien sollen ganz bestimmte Wirkungsfaktoren eingepflanzt werden – und so fort. Das sind keine Prinzipien des Lebens, sondern Prinzipien der Handelschaft; und es ist deshalb nur folgerichtig, wenn die Bastler für ihre mehr oder weniger hübschen Monstren Patentschutz beantragen und erhalten.

Wenn die Bastler sich damit verteidigen, daß das Ganze ja nichts anderes sei als die Züchtung, wie sie seit Jahrtausenden an Pflanzen- und Tierarten betrieben werde, nur eben zeitlich etwas zusammengeschoben – so steht schon ein entscheidendes Argument dagegen: eben das Argument der zusammengeschobenen Zeit. Bei den überkommenen Züchtungsmethoden, die geduldige Arbeit über Generationen erfordern, läuft sozusagen der TÜV, die Zuträglichkeitsüberprüfung der jeweilig neuen Rasse oder Varietät, durch die Natur mit; durch ihre Bereitschaft, diese neue Rasse oder Varietät anzunehmen. Und selbst diese Überprüfung ist verzweifelt langwierig und nie ganz abgeschlossen; es ist durchaus möglich, daß die Blähungen von Milliarden Rindern, die Methangas-Abgaben von endlosen Naßreisfeldern die Bewohnbarkeit der Erde so kräftig schädigen wie die Schadstoffe aus Auspufftöpfen und Kaminen. In solchem Fall hieße das Urteil des großen GAIA-TÜV: Produkt durchgefallen – und die Produzenten gleich mit…

Freilich, das interessiert die Bastler nicht. Sie sind fixiert durch den Auftrag: Tomaten sollen nicht mehr faulen, Bakterien sollen der Zuckerkrankheit beikommen. Daß Zweit- und Dritt- und Hundertstfolgen in den Netzen allen Lebens entstehen können: Um so besser! Die Bastlerzunft ist damit in der angenehmen Lage, sagen wir, eines Wasserbauamts, das in den letzten hundertfünfzig Jahren alle Flüsse und Bäche begradigt hat und jetzt, wo sich herausstellt, daß das alles Schwachsinn war, seine eigenen Schandtaten »rückbaut« und damit seine weitere Existenz (samt Mittelzuteilung) für die nächsten hundertfünfzig Jahre sichert. Ein entjungferter Flußlauf, das wissen wir, muß dauerhaft betreut werden, die Ursprungslandschaft läßt sich nicht einfach wieder herholen. Und ähnlich dürfte es um die künftige Gen-Landschaft bestellt sein, wenn sich erst einmal die vielen Rückkopplungen offenbaren, die den Bastlern zunächst gleichgültig sind und dann mit ungeahnten Folgen ausreißen. Unendlicher Foschungs- und Planungsbedarf ist dann gesichert...

In Wahrheit ist das alles der faule Zauber von Zauberlehrlingen. Sie kennen das Wort nicht, das den Spuk abstellen könnte: Besen, Besen, sei's gewesen. Und da die immer weitere Spaltung von Besen bekanntlich nach den Gesetzen des geometrischen Fortschritts ausufert, dürfte die Zahl der verfügbaren Bastler und Bastlerlabors bald nicht mehr reichen, um mit dem Segen fertigzuwerden. Das wäre dann letzten Endes wieder die Stunde der GAIA, der Herrin des planetarischen Haushalts, die das Aufräumen übernimmt. Nur werden die Bastler und ihre Artgenossen daran nicht mehr beteiligt sein.

Fassen wir zusammen. Alle erkennbaren Ansätze zu einem planetarischen Management weisen folgende Eigenschaften und Prinzipien auf:

Die geplanten und zu planenden Veränderungen gehen vom Ist-Zustand der sogenannten entwickelten Gesellschaften aus. Sie stellen ihn nicht grundsätzlich in Frage. Vielmehr verfolgen sie eine Strategie oder vielmehr eine Taktik, die darauf angelegt ist, ihn durch Technologie im weitesten Sinne möglichst lange zu erhalten und auszubauen. Dieser Art Management liegen die alten Normen des Industriesystems zugrunde – und vor allem die für unabdingbar gehaltene Notwendigkeit, den ehrwürdigen Auftrag des B & S-Programms, Erweiterung und Verstetigung der Lebenschancen unserer Art, auf jeden Fall festzuhalten.

Die Folgen eines solchen Managements sind klar. Es wird nicht nachhaltig sein, nicht nachhaltig sein können, weil es in unauflöslichem Widerspruch zu Naturgesetzen, insbesondere zu den beiden thermodynamischen Gesetzen steht. Und es wird, noch ehe die endgültigen Konsequenzen eintreten, immer mehr Menschen sehr viel Leid – und vor allem sehr viel Verlust an Würde zumuten.

Nun ist erstaunlich, wie gelassen weite Teile der industrialisierten Menschheit solchen Würdeverlust bereits heute hinnehmen. Die Vorgänge etwa um künstliche Befruchtung; die massiven Eingriffe in die persönliche Bewegungsfreiheit, die durch das Anwachsen des Schnellverkehrs entstanden; die Eingriffe in den Privatbereich, die durch immer dichtere Vernetzung der Kommunikationsmittel notwendig werden und schon geworden sind; und die eiskalte Art, in der alle diese Vorgänge öffentlich nicht nur diskutiert, sondern immer deutlicher illustriert werden, sind davon nur ein Vorgeschmack.

Denn mehr wird wohl kommen. Mehr wird in dem Augenblick kommen, wo die Träger des planetarischen Managements sich zu der sehr naheliegenden Erkenntnis durchringen, daß die Art *Homo sapiens sapiens* sich bisher selbst auf höchst unlogische Weise von der Bewirtschaftung ausnimmt, die sie längst und selbstverständlich mit Wald und Forst und Acker betrieben haben und betreiben. Dies wäre, wenn man einmal die Regeln des Energie- und Nahrungsflusses eingespeist und damit jeder künftigen Willkür entzogen hat, der sicherste Weg zu einer künftigen Nachhaltigkeit der Lebenswelt. Irgendwelche Sentimentalitäten sind dabei hinderlich.

Lokal oder regional haben solche Ansätze längst begonnen. Hier sei erinnert an das große Programm zur Bevölkerungsbeschränkung, das unter der Herrschaft Indira Gandhis in Indien vom Stapel lief! Es war schlecht geplant, gewiß; es arbeitete mit äußerst groben Anreizen und Sanktionen und überschritt in zahllosen Fällen die Grenze zur brutalen Menschenjagd; es erschwerte so auf Jahrzehnte hinaus die Möglichkeit, Indiens Menschen für ein freiwilliges, von unten organisiertes Programm der Familienplanung zu gewinnen.

Aber gerade daraus vermöchte ein weltweites, mit den besten Gehirnen besetztes Management seine eigenen Schlüsse zu ziehen. Es könnte zum Beispiel den Schluß ziehen, daß es längst zu spät sei, auf Konsens der Menschheit, ja auch nur auf den Konsens der Betroffenen auszugehen. Schon bisher war und ist ja dieser Konsens reine Formsache, wenn er nicht (wie etwa im Fall bestimmter nationaler Atomprogramme) von höchst unerwünschten, meist nicht von den gewählten Volksvertretern angezettelten Widerständen planwidrig unterlaufen wurde. Das planetarische Management wird auf seinem Wege zur planetarischen Macht zu Mitteln greifen müssen, die zwingend den Protest großer oder sehr mächtiger Teile der Bevölkerung hervorrufen würden. Um solchen Protest gar nicht erst aufkommen zu lassen. wird es dann zweckmäßigerweise Mittel wählen, die entweder gar nicht oder zu spät, das heißt nach erfolgreichem Ablauf der geplanten Aktion, ins Bewußtsein oder auch nur zur Kenntnis der Öffentlichkeit gelangen.

Solche Mittel hätten zum Beispiel im Falle der Bevölkerungsproblematik die Aufgabe, die alten Taten Gottes durch möglichst vorurteilsfreie Taten des globalen Managements zu ersetzen. Dabei wäre ein Höchstmaß an Leidensfreiheit anzustreben. So ist etwa der Einsatz von Seuchenerregern unter diesem Gesichtspunkt wohl abzulehnen, selbst wenn die unmittelbare Wirkung optimal wäre; näher lägen schon Maßnahmen wie etwa die Anreicherung von Trinkwasserspeichern mit bestimmten fruchtbarkeitsdämpfenden Enzymen – oder auch eine weltweite Impfung mit Random-Effekt, bei der selbst die handelnden medizinischen Teams nicht wüßten, welche von den einheitlich aussehenden Serumampullen wirksam sind und welche nicht. Dabei wäre auf strikte Unparteilichkeit zu achten; nationale, rassische, religiöse Vorteile dürften auf keinen

Fall eine Rolle spielen. Ebenso müßten örtliche, nationale, regionale Machtverhältnisse, Wünsche irgendwelcher Staatschefs oder dergleichen außer Betracht bleiben.

Das sind wahrhaft heikle Aufgaben. Gibt es Personen, gibt es Institutionen, die sie bewältigen können? Die nur der Wahrheit verpflichtet und daher völlig unkorrumpierbar sind? Natürlich gibt es die – sie bieten sich jedenfalls an. Es sind die Zweige der weltweiten akademischen Bruderschaft, jener Gemeinde also, die der norwegische Konfliktforscher Johan Galtung einmal als die MAMUs bezeichnet hat: *Männliche Akademiker mit Universitätsabschluß*. Zumindest sie selbst wird davon überzeugt sein, daß erst in ihr, erst im Orden der internationalen Wissenschaftsgemeinde, sich das erfüllt, was Hegel recht voreilig dem preußischen Staat zuschrieb: der Zusammenfall des allgemeinen Wohls mit dem spezifischen Standes- oder Klasseninteresse – und damit die zumindest baldige Ankunft des Weltgeistes. Die großen Mehrheiten, seit jeher unfähig zur langfristigen Betrachtung der Dinge, müssen, wenn sie schon nicht zu überzeugen sind, wenigstens durch geeignete Maßnahmen ruhiggestellt oder desinformiert, das heißt belogen werden.

Eine jammervolle Fehleinschätzung! Die Intelligenz als Klasse und Wirkkraft ist keineswegs vorurteilsfrei. Sie ist geradezu verwachsen mit dem Interesse, und das heißt mit dem fast blind-biologischen Ausdehnungs- und Herrschaftsdrang der großen metropolitanischen Gesellschaftspyramiden. Allein die gewaltigen Budgets, die sie mit der Unschuld feudaler Unverschämtheit von ihnen einkassiert, dürften als Beweis genügen. Es hat in der Weltgeschichte noch keine Intelligenz gegeben (weder eine organische der *clerici*, der beamteten Alphabeten, noch eine freischwebende der Häretiker), deren Geschicke nicht aufs engste mit den großen Zentren verbunden waren. Eine zentrifugale Bedeutung der gesellschaftlichen, wirtschaftlichen, politischen Energie, und sei sie noch so unerbittlich vom Weltzustand gefordert, kann sie ihrem ganzen Welt- und Seinsverständnis nach nur als widersinnig empfinden. Und so bleibt die Intelligenz ihrem zutiefst eigenen und eigensinnigen B & S-Programm treu: der Verstetigung ihrer Existenz, letzten Endes ihrer Unentbehrlichkeit.

Die ist um so beweisbarer, je hilfloser die Außenlieger, die Zurückgebliebenen der Scherbenviertel, der Kleinstädte und Ackerbreiten gehalten werden – von der Energielieferung über die Ernährung bis zur Ausgabe der politischen und kulturellen Stichworte. Und so wird (ein notwendiger Vorgang der Regeneration der Eliten, aber auch der weiteren Verödung der geistigen Landschaften) der gescheite Dorfjüngling in die Metropole aufbrechen, um seinen großen Roman zu schreiben oder, wie ich einen Professor der Atomlobby in einem Ausbruch bestürzender Ehrlichkeit sagen hörte, seinen schnellen Brüter zu bauen.

Dazu kommt ein lästiger Umstand, den man die Entscheidungskrankheit der Alleinentscheider nennen kann. Die Taube, wie Kant einmal sinngemäß gesagt hat, ärgert sich, wenn sie fliegt, vermutlich über den Luftwiderstand; aber wenn der gesellschaftliche Widerspruch ausbleibt, wenn sich ein Interessent oder eine Interessengruppe nicht der Kritik widersprechender und widerstreitender Strebungen und Kräfte stellt, straft sie über kurz oder lang das Leben. Das und nichts anderes war der Urteilsspruch über den Realsozialismus: Seine eingebildete Wissenschaftlichkeit, die wirklich nichts war als ein höchst abgestandenes Herrschaftsinteresse, hatte alle möglicherweise widersprechenden Instanzen weggeräumt und hatte deshalb auch keine Sinnesorgane mehr, den Widerspruch der Verhältnisse auch nur wahrzunehmen. Ich erinnere mich da an Gespräche mit überzeugten Kommunisten des Ostblocks, die sich mit der ökologischen Frage herumschlugen: »Ihr habt die öffentliche Meinung, wie haben die Institutionen, und an diesem Wettstreit wird sich zeigen, welches System überlegen ist.« Sie setzten damals offensichtlich darauf, daß die Weisheit des Zentralbüros, angeleitet von der Weisheit der NAUKA, der institutionalisierten Wissenschaft, den mühsamen Entscheidungsfindungsprozessen des Westens schon aus Gründen der Effizienz und Schnelligkeit überlegen sein mußte. Nun, sie kamen trotzdem oder vielmehr gerade deswegen zu spät, ihr Achilleus holte die kapitalistische Schildkröte nicht ein (was sicher nicht heißt, daß diese nicht über kurz oder lang an den Rand der Welt, ihrer eigenen Lebenswelt gelangen kann).

In Entscheidungsspielen mit Hunderten von Testpersonen hat man das innere Uhrwerk des menschlichen

Planers erforscht – die Art und Weise, wie er zu bestimmten Entscheidungen gelangt. Wenn man Gelegenheit erhält, die Protokolle solcher Spiele zu studieren, die Tonbänder der Beratungssitzungen abzuhören, kommt man aus dem Staunen nicht heraus über die Hartnäckigkeit, mit der an bestimmten Vorgaben und Vorurteilen festgehalten wird, meist gegen die Evidenz der Tatsachen – will sagen der Folgen vorausgehender Entscheidungen. (Weder formale Bildung noch genormte Intelligenzquotienten sind dabei entscheidende Vorteile.) In einem Entwicklungsspiel afrikanischer Färbung etwa werden dann, wenn die gradspurige Willenskraft und Intelligenz des Spielers bereits zum Massensterben geführt hat, Begründungen, also Entschuldigungen wohlbekannter Art ausgesprochen: »Das ist das notwendige Gesundschrumpfen.« oder »Sie müssen eben für die Enkel den Gürtel enger schnallen.« oder auch: »Der Sanitätsdienst scheint ja zu klappen.« Trocken meinte dazu der Versuchsleiter: »Wir verstehen jetzt Stalin. Er war nicht verrückt.« Und (so ist man gedrängt hinzuzufügen) die gescheiten Intellektuellen, die ihm jahrzehntelang blind anhingen, waren es wohl auch nicht.

Was wäre die Zielvorstellung, das Modell, das eine wie immer zusammengesetzte planetarische Managergruppe ansteuern würde? Zweifellos das der Menschheit als einer *happy family*, einer glücklichen Normalfamilie also – gefangen nicht nur in den unsagbaren Schrecken der spießigen Ereignislosigkeit, sondern in einer Reuse des ewigen Nu, die wiederum nichts anderes wäre als ein Ende der bisher so genannten Geschichte. Die platte *Science Fiction* kennt solche Paradiese längst; in anglo-amerikanischen Zukunftsbildchen der Art treiben die von allen geschöpflichen Unannehmlichkeiten erlösten Pappfiguren irgendwelche neuen, elektronisch-pfiffigen Sportarten, in den russischen spielen sie unweigerlich rauschenden Tschaikowsky.

Es ist etwas zynisch, aber es erleichtert auch, darauf hinzuweisen, daß zwischen der Verwirklichung solcher Paradiese und der gegenwärtigen Unordnung noch eine weite Wegstrecke voll zahlloser Hindernisse zu überwinden ist. Das macht den Alptraum vom globalen Komplott der Weisen einigermaßen unwahrscheinlich. Aber entscheidend für unsere weiteren Überlegungen ist die Zwangsläufigkeit, mit der sich diese technokratische Form des Planeten-Managements dem Geist des Jahrhunderts aufdrängt. Es geht immer darum, die dem Menschen innerlich und äußerlich verfügbare Lebensmasse von gegenwärtig etwa 35 Prozent auf 100 Prozent auszudehnen. Stimmen wie etwa die des Thomas von Aquin, die das Gutsein Gottes gerade in der Vielfalt der Geschöpfe verwirklicht sehen, oder die (wie vor einiger Zeit eine Verlautbarung der deutschen Bischöfe) den Tieren ein Lebensrecht an sich ohne unmittelbare Nutzbarkeit für den Menschen einräumen, klingen unheimlich verloren in diesem Hallraum der Gegenwart.

Und wie sollte es auch anders sein? Es gibt meines

Wissens eine einzige kleine, dafür grimmige Gruppe, die den Menschen als Zerstörer der Wildnis und Verursacher der großen Lebensmisere wenn nicht in die Hölle, so doch ins Nichts oder zumindest in die äußerste Kargheit verwünscht: Es sind die Verteidiger des großen Südwestens in den USA, die *Earth First!ers.* Ihnen widmet der gegenwärtige Vizepräsident Al Gore als einzigen in seinem Buch *Wege zum Gleichgewicht* eine wirklich feindselige Notiz – leider bezeichnet er sie als Anhänger der *Deep Ecology*, was so, als Identifizierung, nicht stimmt.

Denn die Philosophie der *Deep Ecology* ist keineswegs so menschenfeindlich wie er annimmt. Arne Naess, ein norwegischer Vater dieser Richtung, gibt im Fall extremer Notsituationen (wie etwa der immer häufigeren Hungerkatastrophen Afrikas) die ökologische Unparteilichkeitsverpflichtung ausdrücklich auf und sieht sogar die mögliche Pflicht gegeben, das Lebensrecht etwa der Löwen fahren zu lassen.

Ist das folgerichtig? Oder, anders gefragt: Gibt es Wendemarken, an denen eine notwendig nicht-anthropozentrische Gesinnung und Gesittung notwendig wieder anthropozentrisch wird? Oder auch, als Rückfrage an Arne Naess formuliert: Ist eine solchermaßen orientierte Tiefen-Ökologie wirklich tief – oder doch nicht ganz so tief?

Damit sind wir wirklich über dem Grenzstrich. Jetzt wird's wahrhaft gefährlich, da wahrhaftig.

## IX

# LEBEN/TOD/WÜRDE: DER ENDGÜLTIGE TEST

Soviel ist klar: Wir stehen, was die mögliche Rettung der Lebenssphäre betrifft, am Anfang des Anfangs. Mit den bisher feststellbaren oder wenigstens erahnbaren Zielen eines planetarischen Managements muß von vornherein radikal gebrochen werden. Statt wie bisher an unserem eigenen tötenden Lebensstil festzuhalten und ihn, wenn und wo irgend möglich, dem Rest der Menschheit aufzudrängen, wobei wir höchstens Geburtenkontrolle als einziges Gegengift verordnen, gilt es, den genau umgekehrten Weg einzuschlagen: Vor allem andern gilt es, unseren Kulturentwurf auf eine drastisch zurückgefahrene Energiefreisetzung einzurichten, die unmittelbaren und mittelbaren Preise für Transportkosten und Transportmittel jeder Art anhand der wirklichen ökologischen Kosten festzusetzen, darüber hinaus das Steuer- und Abgabensystem auf Energie-, Rohstoff- und Schadstoffeinheiten zu gründen. Ganz recht: Das und nur das wäre der Weg zu einem gegenüber der Zukunft vertretbaren Zustand des Lebens in unserem Raum, er entspräche ungefähr den Normen der Jahre 1948–1952. Und der trügerische faule Glanz, den bisher unser Lebensstil zum Verderben der ganzen Welt ausstrahlt, wird erlöschen müssen. Dabei werden wir kaum darum herumkommen, so zentrale, aber über die wahren Lebenskosten täuschende Säulen unserer Zivilisation wie Marketing und Zinseszins in Frage zu stellen. Hier ist nicht der Ort, um die genauen Gründe für diese Notwendigkeit auszubreiten; das geschieht und ist geschehen, oft und oft, ausgiebig und überzeugend. Und die meisten denkenden oder mitdenkenden Zeitgenossen wissen ohnehin Bescheid, auch wenn sie es nicht zugeben beziehungsweise durch ihre famose Existenz als Entscheidungsträger und Entscheidungsblockierer daran gehindert werden, es zuzugeben. (Sie bekämpfen uns bei Tageslicht als Radikale und Traumtänzer, reden von Sachzwängen oder vom Prinzip Pflicht, und gestehen uns spätabends, ins vierte oder fünfte Bier weinend, daß wir alle Gefangene des Systems seien.)

Einen Vorteil, vielleicht einen entscheidenden, hätte dieser Umsturz, einen Vorteil, über den bisher nur andeutungsweise die Rede war: Unser Leben würde ärmer an Gütern, aber würdiger.

Nun ist WÜRDE ein schwieriges Wort – und furchtbar leicht zu mißbrauchen. Dennoch ist es nützlich, vielleicht sogar unentbehrlich, weil es eine kulturelle Vermessung des menschlichen Lebensgeländes erst möglich macht. Jüngst hat ein vieldiskutierter deutscher Autor eine bettelnde Zigeunerin würdevoll und die meisten seiner herausgefressenen Landsleute würdelos genannt; man spürt ziemlich genau, was er meinen könnte, aber der Teufel der

Definition steckt auch hier im Detail. Da wäre, zum Beispiel, rückzufragen: Kommt sich die bettelnde Zigeunerin selbst würdevoll vor? Zwangsläufig wirkt und wird jeder Mensch würdiger, wenn er unter dem Druck schlimmer Verhältnisse steht und dabei nicht völlig würdelos wird; ja, man kann eine Definition, die Ernest Hemingway einmal auf den Mut angewandt hat, auf den Begriff der Würde übertragen: *grace under pressure* – Anmut unter Druck.

Aber das schiebt die Grundfrage nur ein Wort weiter – in die Beschreibung oder Umschreibung der Anmut.

Die schwarze verkrümmte Greisin, die auf der steinernen Schwelle ihres mittelmeerischen Hauses hockt; warum wirkt sie auf viele von uns würdiger als die fesche blaugetönte Oma im Freizeitlook? Oder, noch schärfer und schonungsloser heraufgerufen: Was unterscheidet den alten Indianer, der sich freiwillig zum Sterben (das heißt zum Hungertod) in eine Mesa-Höhle zurückzieht, von dem einsamen Neunzigjährigen, der mehr oder weniger betreut, mehr oder weniger weggewünscht, in einem voralpenländischen geraniengeschmückten Pflegeheim erlischt?

Rasches Gefühlsurteil ist hier verlockend. Aber lassen wir uns nicht hastig auf Nostalgie oder Kulturpessimismus ein – gerade nicht bei einem so mächtigen und so verhüllten Zentralgegenstand! Wenden wir uns zunächst (obwohl es nicht das oberste Problem dieses Kapitels ist) dem zu, was man im Mittelalter die *ars moriendi*, die Kunst des Sterbens, genannt hat! Und da können wir sicher sein, daß es wenige Kulturen gegeben hat, die so verdruckst und ratlos mit dieser Kunst umgegangen sind wie die unsere. Bis vor wenigen Generationen war der Tod (wenn nicht eine Gottestat den Übersprung ins Massensterben erzwang) eine feierliche und umständliche Angelegenheit; der Mensch (oft auch der junge Mensch) »fühlte sein Ende nahen« (ein Ausdruck, unter dem wir uns schon fast nichts mehr vorstellen können) und versammelte die Seinen ums Sterbebett, für ein letztes und den Letzten Dingen zugewandtes Gespräch in wort- und tränenreicher Trauer. Der Tod wurde als Ritus des Übergangs gesehen und (sagen wir's) gefeiert; noch heute beten sehr alte fromme Menschen um eine glückselige Sterbestunde – und wünschen sie in Geburts- oder Namenstagsbriefen ihren Freunden und Verwandten. Den Tod, der heute wohl von den meisten als der glücklichste bezeichnet und gefühlt wird (ein Herzschlag im Schlaf, eine plötzliche Embolie, ein rascher Unfall ohne nachfolgendes Leiden) hätten und haben diese abendländischen Sterbekulturen als eine persönliche Katastrophe empfunden, fast als eine Strafe des Himmels.

Heute neigen wir zur Vertuschung, zur Lüge, und damit zur wahren Würdelosigkeit des Sterbens. Seine »Medikalisierung«, wie ein kluger Franzose das genannt hat, bringt fast zwangsläufig Zeremonien der falschen Ermutigung, der mehr oder weniger herzhaften Camouflage mit sich, in denen Ärzte, Verwandte und der Todgeweihte (man ist versucht zu sagen der Delinquent) einträchtig zusammenwirken. TOD ist in solchem Zusammenhang so etwas wie ein peinliches Stoffwechselgeschäft; er findet grundsätzlich in der Klinik statt, seine Endgültigkeit wird durch Maschinen festgestellt, deren Oszillationszacken in Geraden auslaufen. Das *corpus delicti*, der Leichnam, wird dann zwecks Freimachung eines begehrten (und gewinnträchtigen) Bettes in eine geflieste Kellerkammer abgeschoben. Wer mehr Drama sucht, ist wohl auf das Ende eines Motorrad-Irren angewiesen, dem nach vierstündiger Operation und Entfernung der halben Innereien nicht mehr zu helfen ist...

Der innere Zusammenhang mit der wachsenden Gewaltförmigkeit unserer Umgangsformen und unserer Spektakel, einschließlich Erotik und Schwarzer Messen, ist lächerlich klar: Unter den Betondecken unseres Bewußtseins bilden sich wegen solchen Verfalls der Sterbenskunst allemal Faulgase, die unser seelisches Bodenleben auf ihre Weise bereichern, das heißt vergiften.

Aber lassen wir uns durch offensichtliche kulturelle Gebrechen nicht ablenken, sondern zwingen wir uns in die Kernfrage zurück. Stellen wir möglichst klar nochmals fest, worum es geht, gehen muß:

Durch zwei Entwicklungen ist die Menschheit in eine Sackgasse geraten, aus der sie einen Ausweg zu finden hat. Diese beiden Entwicklungen sind die beschleunigte Bevölkerungsvermehrung und eine wachsende künstliche Energiefreisetzung mit dem

Endeffekt der Herstellung eines Müllplaneten. Sie sprießen letzten Endes aus der gleichen Wurzel: dem blinden Streben des B & S-Programms nach Sicherung, Vermehrung und Verstetigung unserer Art. Durch unseren »überorganischen Faktor« und seinen siegreichen Kampf gegen die alten Taten Gottes ist ein Gleichgewicht aufs gefährlichste gestört, das wir, wenn überhaupt, nur durch unsere eigenen kulturellen Anstrengungen wiederherstellen können. Mit anderen Worten, wir haben eine Kultur (oder mehrere Kulturen) zu entwerfen, in denen sich ständige Erneuerung menschlichen Lebens und Verweigerung, Minderung, Begrenzung des blinden Lebensdrangs, also TOD, die Waage halten.

Vor einem hartnäckigen Trugschluß, der wohl bis in die Zeiten des Schwärmens für den edlen Wilden zurückgeht, sei hier ausdrücklich gewarnt. Was erforderlich ist, ist kein natürliches Programm. Es gibt keine natürlichen Programme für den *Homo sapiens*, der ja gleichzeitig der *Homo demens* ist. Der bewußte Versuch einer Art, ihr eigenes Weiterbestehen durch kulturelle Mittel zu sichern, *was nur im totalen Gegensatz zum B & S-Programm möglich ist*, ist alles andere als ein »normaler« Vorgang der Evolution. Er ist vielmehr ein unerhörtes Wagnis – ein Wagnis, dessen notwendigen Umfang wir bisher nicht begriffen haben, weil wir ihn (noch) nicht begreifen mußten.

Gibt es für dieses Wagnis eine Weisung, einen neuen kategorischen Imperativ, der unser Verhalten in dieser Welt- und Erdkrise des ausgehenden Jahrtausends gültig vorschreiben könnte – uns und unseren Kindeskindern, die längst in diese Aufgabe der Welterhaltung einbezogen sind?

Nun, es gibt mehr als genügend. Es gibt Dutzende von Veröffentlichungen philosophischer, theologischer, ethischer Art, die genau diese Frage beantworten – oder doch zu beantworten glauben; Veröffentlichungen, über denen teilweise erlauchte Namen stehen. Woher immer sie kommen; wie immer sie ihren Imperativ begründen – er läuft fast regelmäßig auf den Satz hinaus:

*Handle so, daß du die Erde den kommenden Generationen ohne Minderung oder Beeinträchtigung ihres Lebensreichtums hinterläßt!*

Der Satz ist korrekt, ist logisch erarbeitet – dennoch: Welcher Mangel an Kenntnissen über die Welt und ihr Weben spricht aus ihm! Niemand, wirklich niemand auf Erden ist zur Zeit imstande, ihn einzulösen, nicht einmal ein Kindlein an der Mutterbrust. (Höchstens gibt es Verhungernde in afrikanischen Flüchtlingslagern, die halbwegs und sehr unfreiwillig an die Forderungen herankommen.) Wären wir 400 oder 500 Millionen Menschen auf Erden statt 6 Milliarden, könnten wir uns knapp mit diesem Imperativ einrichten, denn das stetige Einkommen aus der Sonnenenergie würde unsere Entnahmen aus der organischen und anorganischen Welt sicherlich ausgleichen. Aber wie die Dinge heute zwischen uns und der GAIA stehen, ist eine auch nur auf wenige Generationen berechnete Nachhaltigkeit noch sehr, sehr weit entfernt, und sie zu erreichen (falls wir das wollen), wird noch sehr, sehr ernste Fragen aufwerfen – Fragen, die mit dem fleißigen Einsammeln von Aluminiumdosen und der Konstruktion von Sparmotoren noch lange nicht beantwortet sind.

Hier ein Beispiel, das ich sehr lehrreich fand:

Vor etwa zwanzig Jahren brach die erste große und vielbeachtete Dürre über die Sahelzone herein. Solche Katastrophen waren damals noch ungewöhnlich, und eine breite Flut von Hilfsbereitschaft brach in Europa und Amerika aus, lancierte ganze Getreideflotten für den ärgsten Hunger, die Westafrikas Häfen anliefen. Dort an den Kais warteten still und geduldig, in ihre weißen Burnusse gehüllt, die Nomaden aus dem Inneren zu Tausenden auf die rettende Fracht.

Da erschien in der evangelischen Zeitschrift *Radius* ein Aufsatz zu dem Thema, der, soweit ich mich erinnere, den Titel »Kurz- oder Langzeitethik« trug. Der Autor (einer der selbstlosesten Menschen, die ich je kennenlernte) schrieb darin leidenschaftlich gegen diese Art von Hilfe an – ja, gegen die Praxis der Hungerhilfe überhaupt. Falls sich das einbürgere, so argumentierte er, und falls diese Dürre anhalte oder sich noch ausweite, würden immer mehr Nomaden ihre kärgliche Heimat für immer verlassen – oder würden auf jeden Fall wesentliche Geschicklichkeiten verlieren, mit ihrer Kargheit umzugehen. Damit wäre eine Weltgegend vom Menschen aufgegeben, ein Kulturmuster (sozusagen ein kultureller Schöpfungsgedanke) wäre verschwunden. Während also die christliche Kurzzeitethik die Entsendung von Getreideschiffen gebieterisch verlange, lasse eine auf Nachhaltigkeit angelegte Langzeitethik genau diese Hilfe nicht zu.

Es ist dies ein Argument, das weiß Gott über den Grenzstrich geht. Ja, es überholt einen anderen berühmten Imperativ: »Schenke dem Hungrigen keinen Fisch, lehre ihn fischen!« Es fordert insgesamt (und, was zunächst irritierender ist, für eine ganz bestimmte Weltgegend) die Anerkennung einer Leben/Tod-Balance. Ist es denn vorstellbar, daß wir einem solchen Argument folgen?

Nun, die Art, sozusagen die Klasse solcher Argumente hat sich inzwischen kräftig entwickelt und verzweigt. Eine ganze Generation von großmütigen und selbstlosen Helfern der ersten Stunde ist dahin, teilweise zynisch und verbittert ausgestiegen; und der naive Techniktransfer ist unter Totalverdacht geraten. Durch böse Erfahrungen hat man gelernt, besser mit der tückischen Welt der negativen Rückkopplungen umzugehen. Man stellt etwa fest, daß ein großer Teil der schnelleren Verwüstung wasserarmer Gebiete auf das Bohren von Tiefbrunnen zurückgeht (sie werden von riesigen durstigen Herden aufgesucht, die in breiten Schwaden ringsum die Erde festtrampeln). Man entdeckt die Anfälligkeit gewaltiger Aufforstungen mit exotischen Monokulturen (etwa im schottischen Hochland) und noch vieles andere mehr.

Und immer, das ist unausweichlich klar, geht es um Leben und Tod. Es gibt kein Argument für oder gegen das Leben, das nicht gleichzeitig ein Argument für oder gegen ein bestimmtes Verhältnis zum Tode wäre.

Wenn etwa eine (sagen wir die katholische) Kirche ein Lebensrecht der Tiere an sich, ohne unmittelbaren Nutzbezug auf den Menschen, feststellt, kann sie nicht gleichzeitig für eine weitere Vermehrung der Menschheit eintreten – selbst wenn, wie ein polnischer Kardinal gesagt haben soll, noch so viel Platz im Himmel ist. Und wenn die gleiche Kirche den Liebesakt grundsätzlich offen für die Zeugung hält oder halten will und dies mit dem Naturrecht begründet, hat sie gleichzeitig gegen das bisher Erreichte in der Humanmedizin Stellung zu beziehen, damit die Natur auch das Recht auf der anderen Seite der Waagschale, nämlich das Recht zurückerhält, zumindest zwei Drittel, wenn nicht drei Viertel des Nachwuchses vor dem Erreichen der Geschlechtsreife – durch eine der alten Taten Gottes aus dem großen Weltverkehr zu nehmen. Alles andere ist krasse Inkonsequenz.

Natürlich ist nicht im geringsten zu erwarten, daß Rom für die Abschaffung der Humanmedizin kämpft. Es wäre dies mit der Würde des Menschen, mit einem immerhin schon erreichten Weltethos nicht mehr vereinbar. Aber wie zwieschlächtig diese Würde ausgelegt wird, ausgelegt werden kann, läßt sich am Beispiel einer römischen Intervention sehr gut darstellen – und zwar an der Aufnahme, welche die Enyzklika *Humanae Vitae* des Papstes Paul VI. in Europa und in Lateinamerika gefunden hat.

Bekanntlich hatte diese Enzyklika, in der zum ersten Mal vom obersten Lehrstuhl her fast alle technisch-chemischen Möglichkeiten der Geburtenbeschränkung verurteilt wurden, unter den europäischen Katholiken höchsten Unwillen ausgelöst. Man empfand die römische Einmischung als einen Angriff auf die selbstverantwortete und selbstgewählte Lebensgestaltung, geradezu auch als Angriff auf die persönliche Würde. Ganz anders in Lateinamerika, wo sie breite und begeisterte Zustimmung fand. Dort hegte man nämlich höchstes Mißtrauen gegen die bevölkerungspolitische Einmischung des Nordens, die man als den Versuch beargwöhnte, die Welt der Armen am Aufstieg zu Eigenmacht und Eigenwürde zu hindern. Der Papst galt fortan als Verbündeter gegen solche Aggression.

WÜRDE ist also kein Maßstab, der unabhängig von der jeweiligen Befindlichkeit einer Kultur, einer Region, angewandt werden kann. Wo und wie ist ihr also Platz zu schaffen? Wie und wo hört sie auf – bei zweihundertfünfzig Menschen auf den Quadratkilometer, bei tausend, bei achttausend? Ist sie unantastbar bei einem Pkw auf dreißig Menschen, auf zwei – bei einem Menschen auf eins Komma sieben Autos? Wo bleibt die Würde im Rinnstein von Kalkutta? Wo die der alten Frau, die mitten in ihrem ostbayrischen Dorf die Bundesstraße 12 überqueren will und nicht kann? Ist der Rinnstein von Kalkutta der Unwürde freigegeben? Und ist das Nichtkönnen der Greisin vielleicht die Art Druck, die ihr Anmut verleiht?

Und beachten wir: Der Mensch, vor allem der männliche, ist seit Jahrtausenden darum bemüht, gewissen Arten des Todes den Glanz besonderer Würde zu verleihen (oft sehr schlechten Arten). Er war bereit, zur Nahrungsbeschaffung für Huitzilopochtli zu töten und zu sterben, für die Reinheit der Lehre; für den König von Preußen; für einen Orden; für den Besitz eines Wasserlochs. (Der Letztgenannte war wohl noch der reellste von allen.) Und bei der Würde-Verleihung für solche Tötungs- und Sterbensarten kam und kommt es oft zu den merkwürdigsten Rangordnungen. Für den Dichter der *Ilias* gibt es nichts Gewaltigeres als Kampf und Sterben auf der Walstatt; und dennoch beweint sein Achilleus zusammen mit König Priamos, dem Vater seines Opfers, das Menschenlos unter den finsteren Schwingen der Moira, des unpersönlichen Schicksals. Aber zu Anfang des 19. Jahrhunderts hat der stockkonservative und scharfsinnige Joseph de Maistre ein brillantes Lob des Henkers verfaßt und es als völlig unsinnig bezeichnet, daß sein Name und Handwerk von Schande, die der Herren Offiziere aber von hohem Ruhm bedeckt seien. So zieht sich die Fragespur nach Sinn und Würde des Todes, ja des Tötens durch die Jahrtausende der Kunst und der Weltliteratur, bis in ihre heutigen Endspiele.

Um so merkwürdiger ist es, wie vorsichtig der Tod

und das Sterben in den meisten Schriften der Öko-philosophen umschlichen wird. In vielen dicken Büchern gerade auch der *Deep Ecology* wird man vergebens nach dem Stichwort TOD im Index suchen. Höchstens wagt man sich an die Anmut der Tiere heran, an den Tanz von Jäger und Beute, oder, ganz trockene Nüchternheit, an die Energiebilanzen von Opfer und Räuber. Viel unerschrockener redet da die Bibel – die sehr genau hinschauenden Texte der Weisheit und des Buches Hiob etwa; im Niederstürzen des Baums, im tödlichen Stoß des Falken, im plötzlichen, vom schmetternden Licht der Wahrheit erfüllten Sterben der Motte taucht auf jeweils eigene Art, flüchtig-huschend, immer wieder sich entwindend, aber immer wieder aus den Augenwinkeln wahrnehmbar, die nie ganz besiegte Würde auf.

Die gälte es zu entdecken – für uns alle. Das ist keine Kopfarbeit, jedenfalls keine Kopfarbeit allein. Dem ist standzuhalten, und dies ist auszuhalten. Dies ist der Fluchtpunkt, auf den letzten Endes alle Philosophie, aller Glaube zulief und zuläuft. Dahin waren wir sofort unterwegs, als wir den Grenzstrich überschritten haben. Sollten wir, das heißt die Menschheit, tatsächlich durchs Unvorstellbare, durchs Unvorhersehbare und Unabsehbare hindurch eine Zukunft erreichen, und zwar eine Zukunft, die etwas anderes ist als jammervolle Barbarei, dann, nur dann, wenn sie sich erfolgreich mit dem Leben/Tod-Gedanken auseinandergesetzt hat. Erfolgreich – das heißt sicher nicht, daß sie den Tod abgeschafft, verdrängt, abgeschaltet hat, im Gegenteil.

Wenn die zukünftige Welt bewohnbar sein soll, muß sie fehlerfreundlich sein; und was heißt das anderes, als daß sie vielfältig sein muß? Das notwendige Straucheln und Irren, das nicht ins Verderben, sondern in immer neue Lösungsversuche münden muß, findet am besten in einer Welt vieler bunter Kulturen statt; Kulturen, die nicht im Glashaus gezogen werden können, sondern die auf vielfache Weise in den Mutterböden der geschichtlichen Vergangenheit wurzeln. Und viele dieser Wurzeln werden alte Traditionen, alte Worte, alte Bilder sein – ganz neu gesehen wie jede Tradition, die durch neu hinzukommende Tage und Werke verändert wird, zwangsläufig verändert wird.

So wäre es nicht nur vermessen, sondern ziemlich lächerlich, hier Soll-Vorschriften für künftige GAIA-freundliche Kulturen zu erlassen. Es kann durchaus Kulturen mit ziemlich viel wissenschaftlichem Management geben, die ihre eigenen Begriffe von Würde entwickeln. Es kann auch Kulturen geben, in denen Technik als kühnes Steckenpferd außerhalb jeder Rentabilität betrieben wird. Es kann und soll Kulturen geben, in denen das Kontemplative, die betrachtende Muße und Frömmigkeit, wieder weit oberhalb des umtriebigen Erwerbs plaziert wird, in denen es etwa Mönchtum auf Zeit gibt. Es kann Kulturen geben, in denen antike Überlieferungen von Freiheit und Heroismus einen ganz neuen Zielpunkt erhalten, in denen etwa der bewußte und freiwillige Abschied vom Leben nicht als Selbstmord, sondern als liebevoll gegen allen blinden Lebensdrang errungene Gabe an die von allen bewohnte und geliebte Lebenswelt begriffen und ergriffen wird – bis hin zur Begründung durch Johannes 15, 13: »Keiner hat größere Liebe als die, daß er sein Leben läßt für seine Freunde.«

Die große Frage lautet: Wer oder was kann unseren Fuß dahin leiten? Wo findet sich in dieser teils gleichgültig-kalten, teils schon von Panik erfüllten Welt des B & S-Programms die mehr oder weniger enge, mehr oder weniger verhüllte Pforte des Übergangs?

Die Politik wird es sicherlich nicht sein; ihre weißgetünchten Leichengruben halten höchstens die dümmsten Motten für einen Himmel. Sicher, es gilt politisch zu arbeiten, und zwar massiv. Aber dies wird um so eher möglich sein, je sicherer wir uns des Wegs zur Pforte und durch die Pforte sind. Und diese Sicherheit muß aus einem möglichst weiten, möglichst wirksamen Konsens kommen. Wir müssen als erstes entscheiden, daß sich die Arbeit für die Zukunft lohnt (wir wissen, daß diese Entscheidung vorläufig die einer Minderheit ist), und wir müssen zweitens dafür sorgen, daß sie auf eine Zukunft in Würde gerichtet ist. Also auf eine Zukunft nicht in dumpfer kreatürlicher Angst, nicht in zähneknirschender Unterwerfung unter eine brutale Ökodiktatur oder ein unbewußt zynisches *planet management*, ohne Verzicht auf die Souveränität des Menschen, auf die in Jahrtausenden der Kulturgeschichte errungene Vielfalt der Möglichkeiten.

Aber ist das alles nicht doch gegen die menschliche

Natur? Ist diese Natur in der Lage, sich der tödlichen Gefahren des B & S-Programms zu entledigen?

Die erste Antwort, eigentlich nur die Voraussetzung zu einer Antwort: Die Naturwissenschaften machen es immer deutlicher, was wir uns nicht mehr leisten können. Aber sie können uns natürlich nicht sagen, wo wir einen Sinn für eine bewohnbare Zukunft hernehmen sollen. Wiederholen wir, um diese Erkenntnis reicher, die Frage von neuem: Welche Bestimmung, welche *causa finalis* im Sinne der alten Philosophie vermag der Mensch, vermögen wir aus diesen strengen Voraussetzungen abzuleiten? Davon allein hängt es ab, ob wir uns den riesenhaften Mühen unterziehen wollen.

# X

## *CAUSA FINALIS* – ODER DER DRITTE BUND

Natürlich kann alles schiefgehen. Es ist sogar wahrscheinlich, daß alles schiefgeht. Unglückspropheten, die es laut und deutlich rufen, gibt es genug. Von denen gibt es zwei Arten – die eine verkörpert durch Kassandra, die alles Unheil voraussah und der niemand glaubte. Es war von den Göttern verhängt, daß sie auf taube Ohren stieß. Wenn also ein konservativer Parteichef mit sattem Siegesgrinsen verkündet, daß »Kassandra nicht gewählt wird«, sollte er sich sein Grinsen lieber von den mächtigen Brauen wischen – *Kassandra hatte nämlich recht*!

Der andere Typus ist der des alttestamentarischen Unheilspropheten, des Jesaiah, des Jeremiah, des Jonah. Sie sprechen auch von der nahen Katastrophe, sprechen auch im Indikativ der Zukunftsform. Aber (und das ist der entscheidende Unterschied), es ist Sache des bedrohten Volkes und Sache Gottes, umzukehren, zu widerrufen, den Untergang zu vermeiden. Oft fühlt sich der Prophet blamiert, ist sauer auf den Gott der Barmherzigkeit, der an ihm vorbeihandelte (wunderschön ist das erzählt in der Geschichte des Jonah, des Mannes aus dem großen Fisch).

Erinnern Sie sich an den Gott der Abwesenheit, den wir im VI. Kapitel zurückließen? Er steht plötzlich vor uns mit gekreuzten Handgelenken und geschlossenen Fäusten: Schlag drauf, wähle! Wann und wo und wie der Sieg zur engen Pforte abzweigen wird, wenn wir richtig wählen – nicht einmal das wissen wir, Gott bleibt ein verborgener. Und wenn wir Ihn fragen, was für einen Sinn Er uns denn anzubieten habe, wird Er schweigen. Denn es ist klar, daß wir als Seine freien Geschöpfe diesen Sinn selbst ableiten, selbst setzen müssen. Die Zweckursache des Daseins der Menschheit, ihre *causa finalis*, darf nicht unseren bereits erreichten Einsichten widersprechen, das ist das Wichtigste. Und zu diesen Einsichten gehört, daß GAIA und wir mit ihr in einem Prozeß der *autopoiesis*, der Selbstorganisation, zum gegenwärtigen Stand der Lebenswelt gelangten; daß die Frage, ob wir im B & S-Programm stecken bleiben oder die eins komma zwei Prozent jenseits davon richtig einsetzen werden, plötzlich nicht mehr nur uns selbst und unsere Gesellschaft, sondern die gesamte Lebenswelt betrifft und angeht. Es ist die freieste und die furchtbarste Entscheidung, vor der die Menschen je standen. Aber sie ist gleichzeitig die verhängteste und verhängnisvollste, denn im Zuge unserer verflixten Begabung für den Gruppenselbstmord haben wir uns wie eine Laokoon-Gruppe in einem Knäuel von Schlangen verheddert – allerdings von Schlangen, die wir mit beträchtlichem Stolz selber großgezogen haben.

Behandeln wir diese Frage, die Frage nach einer

möglichen zukünftigen Lebensart, als eine religiöse Frage. Dies ist schon deshalb berechtigt, weil die Menschheit durch Jahrtausende sich selbst und die rätselhafte Welt, in die sie gesetzt ist, mit Hilfe religiöser Mittel gedeutet hat. Und wir sind ja (im Kapitel über den *Homo ss*) schon auf die erste Stufe dieser Deutungen, dieses Handelns und Wandelns mit den höheren Mächten eingegangen. Worum es in dieser magischen Frühzeit ging, in erster Linie ging, war die Versöhnung der Natur, die Gnade der Fruchtbarkeit und des heilsamen Zusammenlebens, und die Einsichten, die damit zusammenhingen und die sich dadurch auch erweiterten, waren oft erstaunlich korrekt. (Es ist bei uns Mode geworden, in solchen Zusammenhängen weise Indianerhäuptlinge zu zitieren. Ich empfehle da Vorsicht – man sollte diese Weisen nicht für so dumm halten, daß sie nicht gewußt hätten oder wissen, welche Position im Umgang mit den Bleichgesichtern von Vorteil ist. Aber das nur nebenbei.)

Auf Korrektheit kommt es hier so oder so nicht an. Wichtig sind die Anliegen, die im Mittelpunkt der Gebete und Riten stehen, die Anliegen, die sozusagen die Tagesordnung des religiösen Lebens bildeten. Und die waren die Anliegen des Lebens gegen das Altern und Verkommen und Welken, waren die Anliegen der Syntropie gegen die eisige Strömung der Entropie, die aus dem Kosmos gefährlich eindringt.

Nun geschah etwas Entscheidendes, von etwa 1500

bis 550 vor Christus, was das Antlitz der Erde veränderte. (Jaspers hat deshalb von einer »Achsenzeit« gesprochen.) Lange vor jeder exakten Wissenschaft verschob sich das religiöse Interesse. Es ging nicht mehr oder nur mehr in zweiter Linie um die kosmische Krankheit oder Gesundheit, um die Entropie oder die Syntropie der Natur. Man begriff ihre majestätischen Zyklen als unabhängig von unserer Sorge und Aufmerksamkeit. Das Auge der Religion wandte sich dem Menschen und seinen seelischen und gesellschaftlichen Gefährdungen zu – »kosmische« Religiosität wurde von »metakosmischer« abgelöst. Das geschah nicht nur im westeurasischen Raum, sondern in der Gestalt des Gautama Buddha auch im fernen Ostasien.

Selbstverständlich waren und sind die alten Arten der Betrachtung und Verehrung, die Modi des heiligen Handelns in jeder Form nicht von heute auf morgen ausgestorben – ja, sie sind überhaupt nicht ausgestorben. Überall auf der ganzen Welt haben sich Judentum, Christentum, Islam und Hinduismus-Buddhismus auf alte stämmige Traditionen aufgepropft, denen sie ihre jeweiligen örtlichen Eigenarten verdanken: den bayerischen, den irischen, den italienischen Katholizismus, die griechische, russische, bulgarische Orthodoxie, den anglo-amerikanischen Puritanismus; aber auch den thailändischen Buddhismus und die wunderlich-prachtvollen Feste im Himalaya-Königreich Bhutan. Die alten Anliegen sinken ins sogenannte Brauchtum ab, insbesondere alles, was kosmisch-matriarchalisch ist oder so erfühlt wird.

Wahrhaft dramatisch verläuft diese Wandlung in unserer jüdisch-christlichen Tradition. Das letzte Naturopfer der alten Art, bei dem es sich um ein kosmisches Anliegen dreht, ist Noahs Brandopfer nach der Sintflut auf dem Berg Ararat, Buch Genesis VIII/IX. Es ist natürlich ein Dankopfer für gnadenvolle Rettung, und Gott besiegelt seinerseits einen neuen Pakt mit der Menschheit, den man eine ökologische Stabilitätsgarantie nennen kann: »Bleiben werden von nun an Saat und Ernte…« – auch und obwohl ausdrücklich gesagt wird, daß des Menschen Herz zum Bösen neige von Jugend an. Von dieser Zeit an geht es nur noch um Gottes Bund mit seinen Erwählten – insbesondere um den glor- und mühereichen Auszug des neugebildeten Volkes Israel aus dem Sklavenhaus Ägypten.

Dieser Exodus, dieser Auszug ist für unsere ganze weitere Geschichte zum Muster geworden. Das Volk Gottes (Abraham, Moses und die Seinen, die ersten Christen, der Prophet Mohammed) löst sich vom Alten. Oft genug geht der Auszug in die Wüste, ins Ungewisse, oft genug in die Verbannung. Immer verweist er auf größere Wunder, die folgen sollen, auf die Annäherung an das Reich Gottes, das sich aus gesellschaftlich-moralischen Lernprozessen ausfaltet und weiterverzweigt. Und immer wieder kommt es zum Aufstand gegen alte starre Riten, säubert sich die Verkündung, das jeweilige Wort Gottes, von entstellenden Schlacken, lehrt die ihren immer aufrechteren Gang (das hat Ernst Bloch wohl ganz richtig beschrieben).

Christi Ankunft verallgemeinert, universalisiert diesen Pakt. Seine Botschaft greift nicht über den Kreis der jüdischen Volkszugehörigkeit hinaus, er verankert auch das Versprechen der persönlichen Unsterblichkeit als Erstgeborener von den Toten. Das ist das Osterereignis, das sinnträchtig auf zwei anderen Ostern aufruht: dem Gedenken des Exodus, also dem jüdischen Paschah, und den zeitlosen alten Heidengeschichten des Frühlingsfestes mit Eiern und Palmzweigen.

Doch die grundsätzliche Andersartigkeit der jüdisch-christlichen Botschaft brach sich immer machtvoller Bahn, trotz aller heidnischen Überreste, trotz aller Widerstände in der Tiefe der Seelen. Was aber in diesen Tiefen vorging, war nichts anderes als die hartnäckige Verfolgung des B & S-Programms auch mit magischen Mitteln, die Vertrautheit mit alten Nahgöttern und das Mißtrauen gegen die herrschaftlichen Sieger. Es hat Bezug zur gesellschaftlichen Wirklichkeit immer stärker verloren, wurde abgesunkenes Kulturgut, blieb aber im entscheidenden Punkt unbehelligt: Die metakosmische »obere« Religion überließ und überläßt die unauflösbaren Rätsel des natürlichen Überlebens zunehmend und fortschreitend der alten, animistisch-magischen »Geschäftsordnung« der Tradition und der Tiefenschichten der Seelen.

Dies ändert sich erst durch den letzten, wahrhaft logischen Schritt: die Befreiung von der kosmischen wie der metakosmischen Religiosität, die wissenschaftliche Aufklärung, ihre Anwendung auf die Technik und auf die Dinge des täglichen Lebens. Man spricht in solchem Zusammenhang von »Säkularisierung«, Verweltlichung; aber was da säkularisiert wird, ist zunächst nichts anderes als eine Erkenntnis- und Handlungsform, die selbst eine Emanzipation von der alten kosmischen Überlebensreligiosität gewesen war.

Fassen wir diese zutiefst dialektische Entwicklung genauer ins Auge! Die jüdisch-christlich-muslimische Überlieferung hatte sich von der alten kosmischen gelöst, und sie hatte vor allem etwas als Erlösungslehre verkündet, was den großen Unterschied ausmachte: eine eigene Heilsgeschichte. Diese Geschichte der Befreiung durch die Gnade Gottes, des Auszugs aus den jeweiligen Sklavenhäusern, des endgültigen Triumphes über den Tod war keine reine Überlebensgeschichte mehr; vielmehr wurde verkündet, daß nicht nur das Überleben, sondern der endgültige Sieg bereits gesichert, daß der Durchlauf durch die letzten irdischen Stationen der alten Todesherrschaft mit dem Anbruch eines ewigen Heils, der strahlenden Enthüllung der Stadt Gottes enden würde, enden mußte.

Nun, der letzte Schritt in die Weltlichkeit schien den Aufklärern zunächst nichts anderes als der Abschied vom »Aberglauben« zu sein; und das hieß für die meisten von ihnen: Abschied auch von den alten, orthodoxen Formen der Metaphysik, des Denkens und Redens über jede Überwelt schlechthin. Was sie zunächst gar nicht merkten, nicht merken konnten: Sie gaben damit dem freie Bahn, was in den alten Kulturen, von den steinzeitlich-magischen bis zu den Ein-Gott-Kulturen des Abendlandes als Sinnsuche für das blinde B & S-Programm und als wenigstens teilweise Kontrolle dieses Programms versucht und (teilweise) verwirklicht worden war.

Mit anderen Worten: Seit dem Triumph der rein diesseitigen Aufklärungstheorien und -Praktiken war nichts mehr da, was den siegreichen Zug der Lemminge ins Meer noch wirksam aufhalten oder wenigstens kritisieren konnte.

Die Geistes- und Sozialgeschichte unserer europäisch-atlantischen Welt ist seitdem von Ratlosigkeiten erfüllt. Und die Kirchen, die Bekenntnisse sind voll in diese Ratlosigkeit einbezogen. Aus einem uralten Priesterinstinkt heraus waren sie zunächst meist selber Kritiker dieser Entwicklung, waren sich darin einig mit den Interessen des Feudalismus, später des gesättigten Bürgertums – kurz, mit all denen, welchen die Entwicklung einfach zu schnell verlief. Was jedoch vor dem Hintergrund der Lehre und der Erfolgsgeschichte von Jahrtausenden nicht zu leugnen war: Schon durch den Aufstieg der metakosmischen Religiosität war der Umgang mit der sogenannten Umwelt, lies: der Lebenswelt und ihren Ressourcen in der Praxis freigegeben.

Und nicht nur in der Praxis. Es ist ja wohl nicht zu leugnen, daß in den sechziger Jahren, in der Zeit, als unter anderem die Debatte mit den denkenden Marxisten blühte, zahlreiche Theologen und Ideologen gerade darin, in dem, was sie die »Hominisierung« des Planeten nannten, eine Gesprächsplattform aus fortschrittlichen Planken für die Zukunft erblickten. (Das wird heute schon wieder tunlichst verdrängt, die »Bewahrung der Schöpfung« ist *in*. Aber die Protokolle der Paulusgesellschaft, die Gesprächsprotokolle von Karlsbad und Marienbad liegen vor, zumindest in den Antiquariaten...)

Und nun ereignete sich in diesem Jahrhundert das, was wir als sein wichtigstes Merkmal erkannt haben: das unabweisliche Eindringen der Gattungsfrage ins öffentliche Bewußtsein. Damit ändern sich die Voraussetzungen nicht nur des profanen Denkens, sondern vor allem auch der Religionen gründlich und vollständig.

Die nichtmenschliche Welt bis tief hinab in die Welt der Rohstoffe und Ressourcen tritt plötzlich und sozusagen überfallartig auch ins religiöse Bewußtsein. Das Leben in seinen bisherigen Formen und vor allem das Überleben der Menschheit steht als solches auf dem Spiel. Das ist die ungeheuerliche Unheilsgeschichte, das Dysangelium, die schlimme Botschaft, die heute im Hinterkopf jedes Zeitgenossen bohrt, ob er sich das bewußt macht oder nicht. Dies ist die Drohung mit Letzten Dingen, mit einer Apokalyptik und Eschatologie, die sich grundlegend von denen unterscheidet, die wird in einer jüdisch-christlichen Erziehung erfuhren. Schwierigste Folgefragen ergeben sich: Ist Hiroshima nicht konkreter als die Hölle, Tschernobyl nicht realer, vor allem aber genauer definierbar als das Fegefeuer? Ist die Erbsünde nicht in Wahrheit eine Erblast – die Begrenztheit unseres Erkenntnisvermögens und die stete Wiederholung des Versuchs, sie mit unzureichenden Mitteln und Deutungen zu überlisten? Und was ist das Gericht? Was sind seine Kriterien und Paragraphen? Wird es uns nur den anerzogenen Beichtspiegel abfragen – oder werden in seiner Jury vielleicht die Delphine und Wale, die Robben und Nashörner sitzen, die wir ausrotten oder ausgerottet haben?

Nun, es gibt eine Art von Gläubigen, denen diese Fragen gleichgültig sind: die Fundamentalisten jeder Spielart. Ob Krieger Allahs oder protestantische Sektierer, ob Scientologen oder katholische Engelwerker: Ihre Glaubens- und Lebenssysteme sind in sich geschlossen, in sich logisch wie alle paranoiden Systeme, man geht einfach hinein und haut die Tür hinter sich zu. Was soll's, wenn uns die Trümmer der Welt um die Ohren fliegen? Es gibt eine amerikanische Sekte, die fest davon überzeugt ist, daß die kleine Minderheit der Bekehrten in einer Weltsekunde – ja, im Bruchteil einer Weltsekunde von Gott auf einen fernen wunderschönen Planeten entrückt wird, während der unsere explodiert oder implodiert. Sie vergibt oder verkauft Autoaufkleber, auf denen zu lesen steht: *In case of rapture, this car will be empty* – »Im Fall der Entrückung wird dieser Wagen leer sein«. Jeder Fundamentalismus ist im Grunde ein System der Entrükkung, ein System, das durch keine Lebens- oder Schöpfungskausalität mit der tatsächlichen Welt verbunden ist. Die Welt ist Schein und Schall und Rauch, und wir werden einzig und allein nach den Kriterien gerichtet werden, die dem jeweiligen fundamentalistischen Credo entsprechen. (Übersehen wir nicht, daß dies auch für den wichtigsten Fundamentalismus von allen gilt: die derzeit herrschende Wirtschaftsreligion. Ihre Frohbotschaft, die Volkswirtschaftslehre, wird als geschlossenes System ohne wesentliche Berücksichtigung der Lebenswelt gelehrt.)

Nun, geben wir's zu: Ein solches Parallelweltschema war bis vor ganz kurzer Zeit Allgemeinglaube der Christenheit. Die Großkirchen, die keine Sekten werden wollten, haben es Stück um Stück zurückgenommen, haben die letzten Reste naiver kosmischer Verbundenheit verschwinden lassen oder abstrahiert, haben Heil und Heilsgeschichte immer innerlicher definiert, als Seelenheil und Seelengeschichte, während die Geschäfte dieser Welt von Christen und Nichtchristen immer ununterscheidbarer betrieben wurden. Und die Geschäfte dieser Welt sind die Geschäfte der Bierhefe, die blind und hartnäckig alles Genießbare ringsum auffrißt, um folgerichtig an den eigenen Exkrementen zu ersticken. So erging und ergeht es auch den anaeroben Bakterien, die unsere Atmosphäre schufen – wir zollen ihnen dafür selten den schuldigen Dank, aber vielleicht haben sie demnächst, wenn uns die Kontrolle über das B & S-Programm nicht gelingt, wieder ihre Chance…

Jedenfalls erklärt das die gegenwärtige Zwickmühle der Kirchen. Während die Fundamentalisten gedeihen wie der grüne Lorbeer, weil die Zeitgenossen die Wahrheiten des Dysangeliums einfach nicht aushalten und lieber in geschlossene Treibhäuser einziehen, werden die Gestalten und Bezüge der sogenannten Heilsgeschichte in unseren Herzen und Hirnen blasser und blasser, haben weniger und weniger Kraft, den steten Hunger der Menschheit nach dem Sinn, nach einer möglichen Bestimmung zu befriedigen.

Nun, jetzt stellen sich zwei Fragen.
*Erstens:* Gibt es eine Form der Religiosität, die den neuen Einsichten der Lebenswissenschaft standzuhalten, ja sie zu ergänzen und zu bereichern vermag? Und –
*zweitens:* Brauchen wir eine solche Religion oder Religiosität überhaupt? Ist es nicht ökonomischer und sinnvoller, alle anstehenden Gefahren und Möglichkeiten aus der ehrlichen Weltlichkeit heraus anzugehen?

Erinnern wir uns, warum im Zug unserer Überlegungen die Frage nach der Religion überhaupt aufgetaucht ist! Eine Kultur oder vielmehr Kulturen schienen uns lebensnotwendig, die eine nachhaltige Zukunft bereiten könnten und sollten; eine Zukunft nicht in kreatürlicher Dumpfheit und Angst, nicht in mehr oder weniger zorniger Unterwerfung unter eine Ökodiktatur oder ein eitel-zynisches planetarisches Management, eine oder mehrere Kulturen ohne Verzicht auf die Souveränität des Menschen, auf die in Jahrtausenden der Kulturentwicklung errungene Vielfalt der Möglichkeiten und die innere Ausweitung unserer Grenzen und Gerüste.

Diese Möglichkeiten werden von der Wissenschaft auf dem Weg des Ausschlusses definiert; sie macht es uns immer klarer, was wir uns in Zukunft noch leisten können und was nicht. Aber Sinnbestimmung ist nicht ihre Sache, darf es nicht sein. Eine solche kann sich der Mensch nur auf dem Weg der Philosophie beziehungsweise der Theologie geben. Die Frage lautet also: Welche Bestimmung, welche *causa finalis*, vermag der Mensch, vermögen wir aus den strengen Voraussetzungen unserer jüngsten Einsicht abzuleiten? Welche Eigenschaften muß sie haben, um ihnen gerecht zu werden?

Zunächst und vor allem: Mit allen Sorten von Ablaßwesen muß es vorbei sein. Die Ursachen und Folgen, die Rückkopplungen von Ursachen und Folgen, die unsere Lebenswelt beherrschen, lassen sich nicht durch Handelschaften mit außerirdischen Instanzen verändern. Keine Verbeugung in Richtung Rom wird die Halbwertszeiten des Plutoniums verkürzen; keine nach Mekka wird das Ozonloch schrumpfen lassen. Hier sind wir in eine Verantwortung gerufen, welche sich weder durch freundliche Einladungen in christliche Akademien noch durch Hirtenworte wegeskamotieren läßt. Das Wort »Schuld« gewinnt in solchem Zusammenhang seine rein wissenschaftliche Bedeutung zurück: Bezeichnung eines Auslösevorgangs. Und kein neg-entropischer Weg führt auf dem Zeitpfeil zurück.

Ebenso wichtig, vielmehr noch wichtiger ist die Einsicht in die Kreatürlichkeit unserer Erkenntnis – wir sagten es: Erbsünde soll und muß uns zur Erblast werden; zu der offensichtlichen Last unserer Grenzen, wenn es um den Blick auf die volle Wahrheit geht.

Aber Religion beginnt erst da, wo solche Einsichten in Schuld und Last nicht mehr als Minderung, sondern als Mehrung unserer Menschlichkeit empfunden werden; wo sie uns, mit anderen Worten, eine Souveränität geben, die unter der alten Todespanik des B & S-Programms nie und nimmer zu erreichen ist. Das Wissen, daß man nicht Krone der Schöpfung ist, aber auch das Wissen, daß man eben wegen dieses Wissens sich von allen anderen Lebenswesen unterscheidet, ist der unerhörte Kreuzungspunkt von Souveränität und Demut, der der zeiträumliche Ort künftiger Religiosität sein muß.

Straf- und Lohnsysteme über die Ursächlichkeit des Lebendigen hinaus gibt es nicht mehr, braucht sie nicht zu geben. Der Spruch des Gerichts ergeht so oder so, zum Guten oder zum Schlimmen, nach dem Gelingen oder Nicht-Gelingen eines wahrhaft menschlichen, das heißt über B & S hinausgehenden Programms. Im übrigen waren den wirklichen religiösen Begabungen Fragen von Lohn und Strafe ohnehin immer gleichgültig, ja verdächtig.

Und jetzt kommt natürlich die entscheidende Frage: Sind in der Geschichte unserer Art irgendwo Anzeichen dafür zu finden, daß eine solche Religiosität, das heißt eine solche anthropologische Möglichkeit besteht? Oder sind wir hoffnungslos überfragt?

Das sind zwei Fragen, die nicht notwendigerweise etwas miteinander zu tun haben. Die Antwort auf die erste lautet Ja. Es gab und gibt auf der ganzen Welt Menschen, welche die von uns formulierten Bedingungen in sich vereinigen. Menschen von fast völliger Unabhängigkeit vom B & S-Programm, die ihre scheinbar so schwierige Existenz als Reichtum, als fast unendliche Ausweitung ihrer Souveränität empfanden. Man nennt sie Heilige.

Entkleiden wir das Wort jeglicher amtlichen Definition, des ganzen Krimskrams von der Ehre der Altäre, dem Weihrauch, den gewirkten Wundern und so fort. Vergessen wir die Differenzen in der Kultur, in den Doktrinen, in den jeweiligen Wegen der Spiritualität. Die Heiligen, um die es hier geht, leben in Himalaya-Klöstern und in Indianer-Schwitzhütten, in christlichen und jüdischen Kulturen, in den Traditionen der islamischen Mystiker. Was sie eint, sind die ganz strengen Kriterien, die wir als Voraussetzung für eine Religiosität der Zukunft aufgelistet haben. Diese Heiligen waren und sind keine Übermenschen; im Gegenteil, das »Übermenschen«-Ideal etwa der Moderne ist im Vergleich zu ihnen lächerlich tierisch, nichts als ein überhöhtes B & S-Programm, eine Modellfigur des dümmlichen Eroberers, der in der Sinkgrube seiner eigenen Energieabsonderungen zu ersticken bestimmt ist.

Diese Heiligen sind Zielvorstellungen für unsere Zukunftsreligion. Und es ist zunächst nicht zu erwarten, daß sie die vorhandenen Gemeinschaften abschaffen werden. »Abschaffen« war noch nie im Sinne der großen Stifter. Es wird vielmehr darum gehen, auf dem Felsgrund eines einzigen Glaubensartikels, eben des Wissens um den notwendigen Weg zur Pforte der Freiheit, des Weges des großen Freiheitsgewinns aus dem großen Abschied vom B & S-Programm, einen neuen Bund, einen Bund für alle zu errichten, die von Mittag und Mitternacht, von Aufgang und Niedergang kommen, um den wirklichen, den entscheidenden Sieg über den Tod zu erringen: den Sieg, der aus der Gelassenheit, aus der Einsicht in seine Notwendigkeit als Verkehrsform des Lebens entsteht.

Dies wäre, in aller Nüchternheit, der dritte Bund, von dem durch die ganze Christenheitsgeschichte hartnäckig die Rede war: das Reich des Heiligen Geistes. Er wird, im Doppelsinn zwischen Bibel und Jargon, alle vorhandenen Lehr- und Leerschläuche reichlich alt erscheinen lassen. Betonen wir es nochmals: Es wäre töricht von dieser Eidgenossenschaft, sich in Grabenkämpfe mit existierenden heiligen Büros zu verstricken. Ihre heiligen Texte liegen in Fülle vor: bei den Mystikern, in den Logien Jesu, im Sonnengesang des Franz von Assisi. Ob einzelne Eidgenossen an ein Leben nach dem Tod im herkömmlichen Sinne glauben; ob sie, wie die Meister des Dau oder des ZEN,

Gottesrede von vornherein leer und taub finden; ob sie ihre Suche nach Reinheit noch in den alten Formen der traditionellen Gesellschaften vollziehen – was sie einen muß, ist der Dritte Bund, der *Covenant of the Spirit*. Dies, soviel ist klar, kann nur eine erste, allererste Überlegung sein.

Nun zur zweiten Frage: Brauchen wir überhaupt dergleichen? Ist nicht die Ehrlichkeit einer ganz anderen Internationale wichtiger und entscheidender: das universale Gefühl der äußersten Dringlichkeit der Rettung?

In der zweiten Form der Frage steckt meines Erachtens schon die Antwort. Theoretisch ist es sicher möglich, daß die Menschheit oder doch ihre gestaltenden Mitglieder zu korrekten Entscheidungen über den einzuschlagenden Weg aus der Misere des B & S kommen. Was dabei so schwierig ist, das ist die Tatsache, daß innerhalb der menschlichen Gesellschaft solche Entscheidungen immer einer mächtigen Zustimmung bedürfen. (Selbst in Diktaturen ist das der Fall, man täusche sich da nicht.) Und solche Entscheidungen werden in aller Regel als Kompromisse erarbeitet.

Nun ist aber die Natur, ist die GAIA nicht kompromißfähig. Ihre Wahrheiten unterliegen weder Abstimmungen noch obrigkeitlichen Dekreten. Im ganz buchstäblichen Sinn verlangt sie: Vogel friß oder stirb. Es gibt in der Geschichte keinerlei Anzeichen dafür, daß solche Annahme der Naturwahrheit anders als durch einen großen kulturellen Konsens zustandekommen kann. Und gerade dann, wenn wir uns eine Vielfalt von künftigen Kulturen der Nachhaltigkeit wünschen, ist das überwölbende Dach einer gemeinsamen Religiosität von höchster Wirksamkeit. Und es ist gleichzeitig – übersehen wir das nicht! – eine der wirksamsten, vielleicht die einzig wirksame Sperre gegen die große und schlüssige Barbarei, die als Kennzeichen des XX. Jahrhunderts nicht wegzuleugnen ist.

Wie wahrscheinlich ist das alles? Sind die Menschen imstande, über diese hohe Meßlatte, durch dieses enge Nadelöhr zu kommen? Ich weiß es natürlich nicht, das sagte ich schon. Das Gericht im Geist des Dritten Bundes wird in nichts anderem bestehen als im Erreichen oder Nicht-Erreichen, im Durchkommen oder im Nicht-Durchkommen. Es ist dieses Erreichen bzw. Durchkommen, das zeigen wird, ob sich die Evolution mit uns etwas Lebensunfähiges geleistet hat oder nicht.

Vorläufig jedoch: Auf diesem Abschnitt der Wüstenwanderung, auf der wir uns dahinschleppen, ungetröstet in voller Absicht durch die Lappalien des Zivilisationsbetriebs, rechts und links begleitet von den Skeletten und dem Schrott der Barbarei, blicken wir empor und gewahren die gekreuzten, zu Fäusten geschlossenen Hände des abwesenden Gottes: Wählt.

Das ist die Botschaft des Jahrtausends.